养生保健丛书

总主编 范昕建 梁繁荣 马烈光（执行）

U0130023

乐

主　编　马烈光

副主编　王扶松　高　巍　传　鹏　张　伟

编　委（按姓氏笔画排序）

　　　　王汝祥　左渝陵　张喜林

　　　　杨　川　周　铮　周　晶

　　　　莫　凡　郭富强

人民卫生出版社

图书在版编目（CIP）数据

养生保健丛书．乐/马烈光主编．—北京：人民卫生出版社，2010.12

ISBN 978-7-117-13669-3

Ⅰ．①养… Ⅱ．①马… Ⅲ．①养生（中医）—基本知识 Ⅳ．①R212

中国版本图书馆 CIP 数据核字（2010）第 215510 号

门户网：www. pmph. com	出版物查询、网上书店
卫人网：www. ipmph. com	护士、医师、药师、中医师、卫生资格考试培训

养生保健丛书

乐

主　　编：马烈光
出版发行：人民卫生出版社（中继线 010-59780011）
地　　址：北京市朝阳区潘家园南里 19 号
邮　　编：100021
E - mail：pmph @ pmph. com
购书热线：010-67605754　010-65264830
　　　　　010-59787586　010-59787592
印　　刷：北京铭成印刷有限公司
经　　销：新华书店
开　　本：710×1000　1/16　印张：8　插页：4
字　　数：148 千字
版　　次：2010 年 12 月第 1 版　2010 年 12 月第 1 版第 1 次印刷
标准书号：ISBN 978-7-117-13669-3/R·13670
定　　价：20.00 元

打击盗版举报电话：010-59787491　E-mail：WQ @ pmph. com
（凡属印装质量问题请与本社销售中心联系退换）

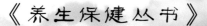

《养生保健丛书》

编委会

主编简介

马烈光，男，1952 年生，四川都江堰市人。现任成都中医药大学教授、博士研究生导师、养生研究中心主任、国家自然科学基金委员会评审专家、四川省中医药学术与技术带头人、四川省名中医、《养生》杂志（国内外公开发行）主编；兼任国际药膳食疗学会执行会长、世界中医药学会联合会药膳食疗研究分会副会长及亚健康分会常务理事、中华中医药学会养生康复分会副会长及四川分会会长；应邀担任日本自然疗法协会及东洋学术出版社学术顾问、《美国中华医药》杂志（中文版）第一副总编。

1969 年 1 月参加医疗卫生工作；1977 年于成都中医药大学医学系毕业留校工作迄今；1985～1986 年底在上海中医学院攻读硕士研究生课程；一直从事中医养生康复学和《黄帝内经》医、教、研工作，1993 年晋升副教授，1999 年晋升教授，先后担任"中医养生康复学研究方向"硕士、博士研究生导师；公开发表学术论文 70 余篇；主编出版高等中医院校国家规划教材《养生康复学》（普通高等教育"十一五"国家级规划教材）、《中医养生学》（卫生部"十一五"汉英双语规划教材）、《中医养生保健学》（国家中医药管理局中医类别全科医学培训规划教材）及《黄帝内经读本》、《黄帝内经通释》、《黄帝内经养生宝典》、《中华实用养生宝典》等学术专著 20 余种；主持、主研 10 余项国家级和部省级科研项目；多次主持召开国际、国内养生学术研讨会；多次在电视、电台进行养生专题演讲，并在多个报刊开辟养生科普宣传专栏；多次公派出国讲学，均载誉而归。

《养生保健丛书》序

　　健康是人全面发展的基础，关系千家万户幸福。随着经济发展、社会进步和生活水平的不断提高，人民群众对于保障健康、预防疾病、提高生活质量的需求日益增长。防治疾病和维护健康不能单纯依靠被动的医疗技术服务，更应该强调自身主观能动作用，进行积极主动的预防保健，特别是养生。

　　中医药作为中华优秀传统文化的瑰宝和我国原创的医学科学，在长期实践中形成了独具特色的中华养生文化。早在《黄帝内经》中就提出了"治未病"的理念，以此为源，经过历代医家不断充实和完善，逐步形成了具有深刻内涵的理论体系。这一体系，把握了预防保健的三个主要环节，即"未病先防"、"既病防变"和"瘥后防复"。"未病先防"着眼于未雨绸缪，保身长全，是"治未病"的第一要义；"既病防变"着力于料在机先，阻截传变，防止疾病进一步发展；"瘥后防复"立足于扶助正气，强身健体，防止疾病复发。其核心，就在一个"防"字上，充分体现了"预防为主"的思想。按照中医对疾病发生、发展的认识，特别强调要达到"防"的目的，就应当保养身体，培育正气，维护和提升整体功能，提高机体的抗邪能力。中医常说的"正气存内，邪不可干"、"精神内守，病安从来"等，就是这些思想的典型表达。历代医家都强调以养生为要务，认为养生保健是实现"治未病"的重要手段。从马王堆的导引图，到华佗的五禽戏，以及后世医家倡导的包括运动、饮食、情志调摄等系列养生方法，还有现在常用的冬病夏治的敷贴法、冬令进补的膏滋药、体质的辨识与干预等，都是"治未病"理念在预防保健中的具体应用。以"治未病"思想为核心的中医预防保健，是一种积极主动的生命观、健康观和方法论,重在从整体上动态把握、维护和提升人的健康状态。

当前,人们健康观念的变化和医学模式的转变,需要我们更加关注预防保健,大力弘扬中华养生文化。成都中医药大学范昕建教授、梁繁荣教授、马烈光教授等一批专家学者,秉持"立足中医、弘扬文化、古今兼收、中西结合"的原则,主编了《养生保健丛书》,分《食》、《乐》、《居》、《动》、《静》、《性》、《浴》、《火》、《摩》、《药》十大分册,全面介绍了古今中外养生保健的实用方法。我认为兼顾了科学性、通俗性、实用性,有助于读者掌握正确实用的养生保健知识。愿我们大家能从这套丛书中汲取科学养生的营养,与作者一起感悟中医养生之道,达到"尽终其天年,百岁而动作不衰"的养生目标。

二〇一〇年十一月十五日

前言

中医养生学历来强调"形神共养，调神为先"，将精神心理情绪的调摄列为养生的首务。现代医学也发现，不良情绪对健康极为不利，保持乐观向上的精神状态是健康长寿的基石。俗话说："忧愁年岁短，欢乐日月长。"实践证明，一个人要想保持身体健康，乃至于延年益寿，乐观豁达的性格几乎是必备条件。调查也发现，长寿老人中，除极个别之外，大部分都是乐天派，或者拥有良好的兴趣爱好，能在逆境中调整心态，让自己快乐起来。

纵观当今社会，人们在激烈竞争和重重压力之下，逐渐失去了人生的快乐本能和快乐天性，与快乐渐行渐远，代之以抑郁、烦躁、沮丧、痛苦、忧愁、迷惘和困惑。

其实，世界上任何事情都是一分为二的，快乐与否，完全取决于我们对事物的认知。乐观的人，苦中也能作乐；悲观的人，快乐时还会不断去想痛苦的事。生活中处处都有快乐的元素，拥有一颗乐观的心，才能在困境中发现快乐，从容面对和解决困难；善于寻找事物积极一面的人，总能保持高昂的情绪，不会让情绪低落影响自己的正常行为；意志坚定、心胸宽广的人，能平静地面对各种外来刺激，保持冷静，"得意淡然，失意夷然"；性格、精神层面做不到以上几点的人，如果能拥有一个自己喜欢的、良好的兴趣爱好，当身处逆境或者遭遇悲伤时，用爱好转移注意力，暂时忘却痛苦，也能得到欢乐。快乐，既高兴了自己，又取悦了别人，何乐而不为。

因此，我们参阅大量资料编写了《乐》这本书，目的是让大家能随我们一起寻找生活中处处存在的快乐，逐渐把发现快乐、享受快乐变成本能。本书目录1"养生就是享乐"，概述养生之中蕴含的丰富乐趣；目录2"养生之道乐中求"，谈快乐与养生的密切关系；目录3至目录19的内容，介绍日常各种娱乐活动中渗透的养生乐趣；最后"附篇"，介绍笑与乐的关系，以及历史上乐则康寿之名人轶事。"悠悠万事，快乐为大"。如果读者阅读本书后能笑口常开，享受人生的欢愉，那就是我们这些作者最大的快乐！

本书编写过程中得到了同行的诸多帮助，也参考了一些学者的论文和专著，篇幅所限不能一一列出，在此致以诚挚的谢意！

马烈光

2010年8月

目录

附　篇

1. 养生就是享乐

　　中医经典《黄帝内经》中，曾经将当时的人与上古时代的人进行比较，痛心地说："当今的人都不注重养生了，把酒看成琼浆玉液，把胡乱妄为当成生活的常态，经常醉酒行房，放纵自己的欲望和不良嗜好，这些人根本不懂得节制和保养，认为追求最大的享受，完全顺着自己内心的想法去做就是快乐，其实恰恰是这种想法及由其导致的没有规律的起居生活，违背了生命的最大乐趣——健康长寿（原文叫'逆于生乐'）"。这段写在几千年前的文字，即使放到现在，也有着巨大的现实意义。看看我们周围，这种不懂得养生，只知道放纵享受，"逆于生乐"的人，真是太多了！

　　那么何谓享受？它基本含义是指在物质上和精神上得到满足，从而获得人生的乐趣。人生在世，谁不追求享受？享受可以说是人生的目的。上至王公贵族，下至平民百姓，都把享受看作生活的根本归宿点，只是享受的水平有所不同，这其实是正常的。但我们必须认识到，健康长寿才是享受的基础和最大的快乐。所以，美国的莫尔说："健康是至上的快乐，可以说是一切快乐的根本。"有些人就是不明白这一点，生在福中不知福，追求自身条件达不到的享受；或把放纵当作享受，生命都受到了损害，却还逢人便夸自己是一个会"享受"的人。试想，什么享受带来的快乐能胜过自己身体强壮、健康长寿的愉悦呢？人要是能一生之中，少病少灾，手脚轻健，耳目聪明，那是何等快乐，说是赛过神仙也并不为过！此福不知，此乐不享，实是愚蠢！明白生命健康长寿是人生最大的快乐，那么养生就是享乐。以养生为乐，自然能将养生贯穿于生命中的每时每刻，生活中也就能无处不乐。

2. 养生之道乐中求

健康长寿是人类梦寐以求的理想,养生是实现这一理想的必由之路,那么,这条路有什么捷径呢? 实践证明,养生最基本的应该注意合理饮食、适量运动、戒烟限酒、心理平衡四大因素,从这四大因素着手进行保养,能收到事半功倍的效果。在这四大因素中最重要,也是最难做到的是心理平衡。按照老人们的话说叫做:"心情舒畅,比啥都强。"1997 年,世界精神病协会年会指出,人类已从"躯体疾病时代"进入"精神疾病时代"。心理疾病已成为 21 世纪的"世纪病",并成为人类健康的主要敌人。随着社会节奏的加快和压力的增大,越来越多的人有"心累"和心力交瘁的感觉,做什么事情都感受不到乐趣,快乐似乎离我们越来越远。

常言说得好,心病还须心药医。快乐是通往心灵安详的通道。乐观精神是自疗的无形妙药。著名医家石天基《祛病歌》云:"人或生来血气弱,不会快乐疾病作。病一作,心要乐,心一乐,病都祛。心病还须心药医,心不快乐空服药。且来唱我快乐歌,便是长生不老药。"道出快乐与健康是一对孪生姐妹。曾经有一位年逾九旬的高寿老人把他的健康长寿经验概括为 6 个字——乐而康,康而寿。日本医学家渡边在对 136 名 90 岁以上的长寿老人进行健康调查后发现,长寿老人大多具有超于一般人的心理优势,其中一项就是心境愉悦,笑口常开。可见,养生之道,当于乐中求。

(1) 情绪与健康

祖国医学将精神情绪归纳为"七情",即喜、怒、忧、思、悲、恐、惊。人有七情六欲,情绪波动在所难免。七情之中,常怀喜乐的心情,最有利于正常生理活动的进行,其他各种情绪在适度的情况下也有调节身体功能的作用。但是过激的情绪变化,超过人体所能适应的范围,就会打乱正常的生理活动而引起疾病。如：过怒伤肝、过喜伤心、过思伤脾、过忧伤肺、恐惧伤肾。过激的情绪变化之所以损伤内脏，是因为过度不良情绪刺激，扰乱了体内正常的气血运行，使脏腑经络的生理活动发生障碍，祖国医学归纳为"百病生于气也"。

精神因素与心血管疾病的密切关系早已为人们所了解。忧愁、烦恼、悲伤、焦虑等不良情绪都会使病情加重。突然剧烈的不良情绪很容易导致心血管意外的发生。对心肌梗死患者的回顾性调查表明，几乎所有患者在发病前都有过不良的情绪状态。大多数患者性情暴躁，容易激动。生活中自觉失去乐趣的鳏寡孤独者，其发病率比一般人高 2 倍；家庭不和睦、经常吵嘴打架者，发病率比一般人高出 3 倍。

研究表明精神因素几乎对所有慢性病的发展都有影响。在易激动、易急躁和喜怒无常的人群中，高血压、心脏病以及溃疡、甲状腺功能亢进症的发病率极高，而在活泼、乐观的人中，这些病的发病率却很低。

癌症和情绪因素也密切相关。早在 18 世纪，英国医生曾对一组 250 名癌症病人进行调查，发现在癌症发病之前曾受过不良情绪打击的占 2/3。在动物实验中，用条件反射造成实验动物的中枢神经过度紧张以至紊乱可以促进化学致癌物产生，诱发肿瘤生长，其肿瘤不但发生得早和多，而且生长得很快。国外还曾经调查过 1400 对双方均是癌症的夫妻，发现其中有相当比例是，一方患癌症后，另一方情绪低落压抑，不久发现也患上癌症。研究还发现，对于癌症患者，在治疗期间，如果患者情绪乐观稳定，疗效较好；而那些长期情绪不畅，病后更郁郁寡欢、情绪低落者，即使接受相同治疗，疗效往往不好而且恶化很快。进一步研究表明，低落的不良情绪刺激，可以导致大脑皮层兴奋抑制失调，进而使下级神经体液调节的组织器官功能紊乱，免疫系统功能削弱。

控制和调节情绪，防止和避免不良情绪的侵蚀和伤害，是预防疾病的重要途径之一。只有努力保持情绪上的快乐健康，才能更好地达到身体的健康。人一生中难免要生病，有了病则要"既来之，则安之"。苏东坡的诗说得好："因病得闲殊不恶，安心是药更无方。"

(2) 怒气杀人不用刀

用"怒气杀人不用刀"来形容愤怒对生命健康的危害并不夸张。《三国演义》中，赤壁之战后，为了夺取荆州，诸葛亮将"雄姿英发"的周瑜气了 3 次。先是趁周瑜与曹军大将曹仁酣战之际，以巧计轻取荆州，气得周瑜"大叫一声，金疮迸裂"；接着是反用周瑜的"美人计"，让刘备既讨了夫人，又保住了荆州，让周瑜"赔了夫人又折兵"，气得"金疮迸裂，倒于船上"；最后是戳破周瑜"假途灭虢"，以夺荆州之计，气得周瑜"怒气填胸，倒于马下"，仰天长叹"既生瑜，何生亮"后，"连叫数声而亡"。一代英才就这样随怒气消殒。

图1　怒气杀人不用刀

周瑜的故事或许只是小说编造出来的，那我们把时光倒退回1965年，看看一代台球名将打不赢一只苍蝇的故事。

1965年9月7日，世界台球冠军争夺赛在美国纽约举行。这是一场举世瞩目的赛事，路易斯·福克斯，这位台球世界冠军已经走到卫冕的门口。他的得分一路遥遥领先，他只要把最后那个8号黑球打进球门，就能卫冕成功。然而就在这时，不知从什么地方飞来一只苍蝇。苍蝇先落在握杆者的手臂上。有些痒，冠军停下来，苍蝇飞走了。冠军俯下身去，准备击球。这时苍蝇又飞来了，竟落在冠军紧锁的眉头上。冠军不情愿地停下来，烦躁地去打那只苍蝇，苍蝇轻捷地脱逃了。冠军一番深呼吸，准备再次去击球。没想到那只可恶的苍蝇又飞来了，像个幽灵似的落在了8号黑球上。这时，冠军怒不可遏，拿起球杆对着苍蝇捅去。苍蝇受到惊吓飞走了，可球杆触动了黑球。按照比赛规则，该轮到对方击球了。对手抓住时机沉着应战，一口气把自己该打的球全部打进，转败为胜。卫冕失败，福克斯的情绪一落千丈，要不是那只该死的苍蝇，冠军已是他的囊中之物！更可悲的是，由于心情一直不好，怒火烧心，导致他患了不治之症，再也没有机会走上赛场重振雄风，临终时仍对那只苍蝇耿耿于怀。

在这场悲剧中，把一切归罪于苍蝇，显然是可笑的。如果当时路易斯·福克斯头脑冷静，心平气和地对待那只苍蝇的骚扰，恐怕他早就如愿以偿了。

发怒不仅会影响正常的人际关系，影响事业的发展，而且会危害身心健康，甚至危害生命，真是害莫大焉！

《淮南子·本经训》指出："人之性，有侵犯则怒，怒则血充，血充则气激，气激则发怒，发怒则有所释憾矣！"这里所说的释憾，也就是损性亏本的征兆。《黄帝内经》也告诫人们，"怒伤肝"。肝在生理功能上有着举足轻重的作用，不仅能分泌胆汁，调节蛋白质、脂肪、碳水化合物的新陈代谢，而且有解毒造血和凝血的作用。从这里可以看出，发怒对健康的危害是不容忽视的。

现代心理学认为，愤怒是一种情绪，情绪又有强弱性、稳定性、持久性和主导性之分。心理学家把愤怒按其程度不同分为九个梯级：不满；气恼；愠；怒；忿；激愤；大怒；暴怒；狂怒。在第一、二梯级时，人还不一定发脾气，但已经很容易"找茬"了;在第三、四梯级时,脾气就有点发出来了,但还能听人劝告,基本能控制理智;到第五、六梯级时,自我克制能力已较差,具有某种主动进攻的色彩;当达到七级以上时,表现为失去理智,往往造成破坏性的后果。不管哪个梯级,愤怒情绪都属于不良情绪。

发怒是一种不健康的心理状态。人生不可能万事如意,但遇到可气可恼的事有人怒,有人不怒,说明怒是可以抑制的。这就要求我们学会控制自己,尽量做到不发怒。万万不可认为发怒是"正直"、"坦率"的表现,甚至是什么值得炫耀的"豪放"。那样就会放纵自己,以致性格像脱缰的野马,整天都有生不完的气,发不完的火,害人害己,后患无穷。

(3) 忧郁是健康的隐形杀手

忧郁情绪是人类健康的隐形杀手,是不少癌症患者的"病根"。有调查显示,60%的癌症病人发病前一年有明显的忧郁情绪,许多躯体疾病都与忧郁情绪有关。

"人生不如意十有八九",现代生活节奏的日趋加快,人们的竞争意识越来越强,人际关系也变得日渐复杂、冷漠,随之而来的落榜、下岗失业、失恋、离婚等产生的精神刺激和心理打击,以及自然灾害及交通事故的频发,都会导致人的情绪低落,忧郁。客观环境加重了人们的精神压力,短时间轻度忧郁会使人的内脏神经和内分泌功能发生一定程度的紊乱,造成人体生理损害,经常被忽视。长期的忧郁情绪会使人体免疫功能总是处于低下水平,诱发许多躯体疾病,如心脏病、高血压病、偏头疼、胃溃疡、糖尿病等,最严重的是患癌症的可能性明显增加,忧郁情绪也使这些疾病的治疗难度加大,病死率增加。调查发现,躯体疾病伴发抑郁症的比例相当高,有超过1/3的帕金森氏病、冠心病、心肌梗死和糖尿病病人同时伴有抑郁症,在恶性肿瘤、脑血管意外、外科手术后、老年痴呆和肺气肿病人中,这个比例也超过20%。

在当今社会,遇到一些逆境,一时情绪低落是正常的,但随着时间的推移和自我调适,这种情绪应该尽快消失。但如果这种低落情绪长时间挥之不去,并已出现认知偏差,对外界的一切体验就会是悲伤的,消极的,就相当危险了。抑郁状态严重到难以自拔时容易酿成自伤、自杀等悲剧。调查显示,抑郁症患者50%以上有自杀想法,其中有20%最终以自杀结束生命。

引起忧郁的最常见的原因是心理和社会因素引起的,因此,调整心态,纠正认知偏差是改变抑郁心境的最好办法。忧郁也是一种感觉情绪,是主观上的而非现实发生的,我们完全可以改变它,通过各种调节方法,尽量保持乐观快乐的情绪状态。

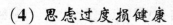

(4) 思虑过度损健康

思虑即思维、思想、思考、考虑,是人分析、综合、推理判断、记忆、联想乃至发明创造的意识活动,是人类大脑所具有的特殊功能。在我们日常生活中离不开思虑,正常的思虑,是我们工作和生活的需要,但是我们的大脑往往是不需要想的事也去想,不该想的事也在想,而且思的太远、想得太宽,漫无边际,连睡眠时也不休息,这就是我们通常所讲的思虑过度,杂念丛生。近30年来,社会生活发生了巨大变化,人们的思维模式也随之改变,人们从高度自制、坚韧克己,完全忽视自己的感觉,逐渐过渡到过分重视自我的一切感受,"太把自己当回事儿"。某种程度上,自我分析是有益的,但是我们很多人做得太过分了,对自我情绪的每一个辗转反侧都极为关注,别人说的每一句话,我们都大肆分析,试图解读其更深的含义。使人们陷入过分思虑的恶性循环的首要原因是一种错误的思维,即"我非常深刻,我明察秋毫。"事实上,这些人在不折不扣地把问题复杂化,把事情搞砸,对自身的健康也极为不利,

中医认为:"思则气结","思虑伤心脾"。思虑过度,伤于脾,则脾的运化和胃的受纳、腐熟失职,会出现食欲不振、胃纳呆滞、脘腹痞塞、腹胀便溏、形容憔悴、气短、神疲力乏、郁闷不舒、甚至肌肉消瘦等;伤于心则阴血暗耗、神失所养,出现心悸健忘、失眠多梦等症。

现代研究表明,对某些往事耿耿于怀、对一些问题焦虑不安、时常琢磨别人说的话,以及对未来忧心忡忡等会严重影响身心健康。美国心理学家朱利安·塞耶指出:人是易于陷入毫无裨益的过度思考的唯一物种。人类复杂的大脑让我们实现了伟大的文明,但它们并非什么都能适应。因为人类会陷入并不对其构成威胁的思维泥潭里。思虑过度的人的血压和心率都比正常人要高,免疫系统功能也较弱,而且还会大量地分泌出一种会给心脏增加负担、令人压抑甚至会减少寿命的应激激素。美国另一位心理学家尼古拉斯·克里斯蒂德认为,人人都经受过压力,但长期过度思虑的人却会放大并延长这种压力。在研究的过程中,他让两组成年人接受具有很大压力且令人沮丧的任务,一组人接受任务后要进行大量思考后才能去做,另一组人则不必多加思考就可去干。之后,他对两组人的身心状况进行检测后得出结论,压力加快了前者的心率,并使其血压升高;而后者则反应如常。

现代医学认为,过度思虑可导致肠胃的神经官能症、消化不良症,甚至引起胃溃疡。从中医观点来说,由于脾运化不好,容易引起气结,导致腹部胀满,从而出现气血不足,四肢乏力的症状,形成气郁,并进一步发展为血

瘀、痰郁。还会引起女性月经提前、延后，甚至闭经。

（5）唯有快乐才能健康长寿

法国的老太太卡尔芒，她的健康长寿秘诀只有两个字：快乐。她生于 1875 年，那时，巴黎的埃菲尔铁塔还没有落成，路上还没有汽车；她于 1997 年无疾而终，这时，人类已将探测器送上了火星，享年 122 岁又 164 天。她去世之后，法国及世界各地的科学家对她长寿的机理进了详细分析，得出的结论是"生活无忧无虑，心境开朗乐观，是她长寿的主要原因"。

上海黄浦区的王千鑫老人在当地算是小有名气，他出名一是因为他坚持着一个充满爱心的义举，从 1982 年起，他坚持向希望工程捐款帮助贫困儿童上学；二是他是健康老人，已至期颐之寿，但背不驼，腰不弯，眼睛出奇明亮，思路清晰得令人称奇。老人为自己定下了"三个快乐"和"三个正确"的原则：在物质生活中要知足常乐，在精神生活中要自得其乐，在人际关系上要助人为乐；要正确地对待自己，正确地对待他人，正确地对待社会，主动让快乐伴随着生活。他自己总结说："我快乐，所以我长寿，乐则长寿嘛。"

为什么快乐可以养生长寿？科学研究表明，愉快乐观是一种良好的心境和平衡的心理。在生理上，愉快的精神因素可以促使人的气血通畅、肌肉放松，具有良性调节心血管、消化、神经等系统的作用，能增强大脑皮层的功能和整个神经系统的张力、促使皮质激素与脑啡肽类物质的分泌、消除机体疲劳、促进新陈代谢、改善心肌供氧、增加血管弹性、调节血管张力，并能极大地活跃体内的免疫系统，使机体抗病能力大大增强，从而有利于防病治病。在心理上，善于保持安乐愉悦的心情，则可以少受烦恼和不快等不良情绪的危害，及早"化险为夷"，让不良的情绪自我化解。

笑是一种简单而又愉快的运动，可使胸、膈、腹以及心、肺、肝等脏器都得到有益的活动，神经、骨骼和肌肉得到放松，且可驱除忧愁、烦恼，减轻精神压力，抒发健康的感情，进而提高机体的免疫能力。

心情愉悦自然胸襟豁达、情绪稳定。豁达的人在人际关系方面态度真诚和善，对同辈人尊重，对晚辈人慈爱，以宽厚的态度待人处世。这种情怀和气质，是健康的保证。情绪安定，则适应能力强，经受得起生活环境中的各种不良刺激；即使受到精神刺激或创伤，也能自我控制，并很快恢复心理平衡，使中枢神经处于相对稳定的良好状态，进而使机体的生理功能协调。

3. 快乐在我不在天

　　快乐使人健康,使人长寿,是毋庸置疑的。但有人可能会说,人活在世上,压力无处不在,困扰纷至沓来,快乐谁不想,但快乐何在,到哪里去找快乐呢? 其实,对于这个问题,美国心理学界经过长达 10 年时间,对 100 多个国家和地区的 1 万多人进行了详细调查,结果发现快乐是人类特有的一种心理感受,具有浓重的主观色彩。它与种族、年龄、职业、地位和个人占有的财富等等没有多少内在联系。这一研究结果,说明快乐并不是谁赋予的,而是取决于每个人自己。让我们一起来用实例证明快乐取决于自己,而非别人可以给予。

图 2　快乐在自己手中

1984年，邓小平同志在会见日本前首相中曾根康弘时说过这样一段话："你问我最高兴的是什么？最痛苦的是什么？在我一生中，最高兴的是解放战争的3年，那时候我们的装备很差，却都在打胜仗。这些都是在以弱胜强，以少胜多的情况下取得的。建国以后，成功的地方我都高兴。有些失误，我也有责任，因为我不是下级干部，而是领导干部，从1956年起我就当总书记，那时候我们中国挂7个人的像，我算是一个。所以，在'文化大革命'前，工作搞对的有我的一份，搞错的也有我的一份，不能把那时候的失误都归于毛主席。至于'文化大革命'，那是另外一回事。我一生最痛苦的当然是'文化大革命'的时候。其实即使在那个处境，也总相信问题是能够解决的。前几年外国朋友问我为什么能度过那个时期，我说没有别的，就是乐观主义，所以，我现在身体还可以。如果天天发愁，日子怎么过？"

"没有别的，就是乐观主义"，"如果天天发愁，日子怎么过？"这是大实话。的确，一个乐观者，就不会失去信心，即使在最困难的时候，也能看到"山重水复疑无路，柳暗花明又一村"的美景；即使在其一生中最后的几年也会是最快乐的岁月。一个精神充实，生活充满快乐的人必是心理健康的人，而心理健康又是生理健康的重要保证。拥有快乐，就等于拥有健康。学会与快乐相处，让自己的心灵时时充满快乐，就是自己要拥有一间常开着的"健心房"。举世皆从愁里老，乐观才是长寿药。人类的疾病千奇百怪，医生开出的处方千差万别，只有快乐才是人类寻求健康的通用大处方。

美国加州大学洛杉矶分校大卫格芬医学院早在1991年就成立了一个老年医学研究小组，旨在寻找世界各个角落的"超级寿星"，研究他们的长寿秘诀。所谓的"超级寿星"，就是指年龄超过110岁的老人。据该组织统计，全球现有20万百岁老人，其中110岁以上的只有61人。这些"超级寿星"都有一个共同特点：他们并没有一套专门的养生之道，在整个一生中很少有意识地去吃营养食品、锻炼身体或避免烟酒，但却都很会保持乐观、开朗、平静的心态，在生活中的不同境遇下都能自得其乐，善于自我缓解压力。

快乐对于身心健康非常重要。人类不但从漫长的自身生活实践中得出这个结论，而且已被现代科学实验所证明。这个问题好像自古以来没有什么争议。有争议的是如何使自己快乐。前面我们提到，快乐在我不在天，可见快乐的感觉来自于自己的内心。情绪的产生建立在个人对事情的认识和理解之上，同样一件事，认识不同，乐与悲的感受可以截然不同。

国内一位80多岁的老人总结自己的长寿经验时说："我没有特别的秘诀，我总结自己最大的优点是很会自己找乐子，年轻的时候，虽处处碰壁，尝尽贫贱之苦，但每当我哭过一阵，就能自宽自慰，且能再接再厉，发愤图强。稍得一点成就，就感到快乐无穷。从前工作的时候，我勤恳工作，不遗余力，即使腰酸背痛，可是想到有一些人连工作都找不到，我依然感到快乐无穷。平常吃东西的时候，我若只分到一个，我便会想：那是独一无二，好兆头；如分到两个，那是好事成双，也是好兆头；三个，三元及第；四个，四季发财；五个，五子登科；六个，六六顺；七个，七巧；八个，八发；九个，九久长寿，十个，十全十美……即使是十三，我也认为是独一无二的幸运数字。因此，不论我得到什么，我总会找出快乐的理由。平常朋友的一个肯定，一封朋友的来信，一个意外的收获，一个期盼的实现，一个陌生者的赞词……对我来说，无不是一桩快乐的事。失意，难过一会儿，就让它过去（如今年岁大了，很快就忘了），而快乐却永远在我心中驻足。"

会自得其乐的人，生活处处皆有快乐，心情愉快自然健康长寿。要健康长寿，那就让自己快乐起来吧！

（1）安身为乐

安身为乐这个成语出自《三国志·蜀书·秦宓传》，意思是说身子安定就是快乐。诚然，一个健全的身体本身就是一件值得庆幸的乐事。试想，我耳聪目明可以看到大千世景、能聆听万籁之音，较之聋盲者，是多美好的事情。有人问一个盲人：你连世界的样子都看不到，不觉得痛苦吗？盲人说：我为什么要痛苦呢？与聋人比，我能听到声音；与瘫痪者比，我能走路；与哑巴比，我能说话。我之所以一直活得快乐，就是因为我心态平和，并学会了放大美好。

药王孙思邈说，"人命至重，有贵千金"，用老百姓的话说"身体是革命的本钱"。人的生命只有一次，健康的身体是做好一切事情的基础，没有一副好的身板干什么都是一句空谈。如果没有健康，智慧无法运用，文化无法表达，力量无法施展，知识就无法利用。生命因健康而快乐，因疾病而枯萎，拥有健康就是快乐。这些简单的道理我们看似很懂，却因我们忙于生存，把生命健康是人生最大的快乐淡忘忽略了。不论是时间上，还是金钱上、精力上，我们对待生命有时变得很吝啬，一点也不想在健康上多花费一点时间，多注入一点资金，多付出一点精力，我们用自己的双手捆绑了生命的"双脚"，让生命健康举步维艰，令快乐望而却步。

珍惜自己的生命，拥有一个健康的身体，那也是对家人的一种爱！让我们加强锻炼，同时学会保养自己，让自己拥有一个健康的身体，使自己快乐！孩子快乐！爱人快乐！大家快乐！

（2）天伦乐事

唐代大诗人李白在《春夜宴从弟桃花园序》说："会桃花之芳园,序天伦之乐事"。这里的天伦,指的是有血缘关系的、天然形成的,父子、母子、兄弟姐妹这些亲属的关系。天伦之乐,就是说家里这些亲人团聚、欢乐。人生最快乐的事莫过于身体健康、家庭幸福。

小说《红楼梦》里有这样一段故事:贾府的大小姐贾元春,被选入皇宫好几年,连一次探亲的机会都没有。直到她被册封为贵妃娘娘,皇帝才恩准了一次回家省亲的机会。贾元春回到了贾府,先去看望她的祖母和母亲。她进了贾母的屋子,刚要给祖母和母亲行礼,贾母和王夫人反倒赶紧跪倒在地,请娘娘免礼。这为什么呢? 因为她是贵妃娘娘,她只能向皇上、皇后、皇太后这些人行礼,那么剩下的人,就只能向她行礼了,哪怕是自己的亲生父母,也得给她跪下。元春她赶快一只手搀起了祖母,一只手扶起了母亲,这娘仨抱在一块儿就哭起来了。哭了一会儿,元春强作欢笑,安慰她的祖母和母亲说:"今天好不容易回来一趟,咱几个应该说说笑笑才好啊,为什么要哭呢? 就这么点时间,一会儿我就得走,这一走,还不定哪天再回来呢。"实际上,她再也没有回来过。元春眼睛里含着眼泪,她说:"普通人家粗茶淡饭,倒还有天伦之乐,我在皇宫里虽然荣华富贵,可是过得很孤独。"

由此可见,能与家人和睦共处是一件多么快乐的事情。天伦之乐不是荣华富贵所能代替的。现在我们中国人,仍然重视逢年过节,尤其是春节,亲人团聚,共享天伦之乐。我们很多老同志,尤其是一些领导干部,退休以后走不出领导地位的人生角色,心里不是滋味,感慨世态炎凉,于是在家里找茬儿,对子女,尤其对老伴横挑鼻子竖挑眼,干什么都不对,为一点鸡毛蒜皮的小事,大吵一场,家中融融的亲情气氛破坏了。子女见状不妙,就很少回家了,有些干脆不叫不回来。于是老两口又感到寂寞,互相埋怨,使战争升级,陷入一种家庭关系的恶性循环之中。当今社会,无论在城市还是乡村,孩子大了一般都与老人分居。由此引发的消极后果是淡漠甚至隔断了彼此的感情交流。对老年人来讲,生活的乐趣也因此大打折扣。孤独寂寞成为赋闲在家的老年人所遇到的最大挑战和敌人,所以,一首《常回家看看》拨动了众多老年人的心弦!

从促进身心健康、全面协调发展的角度讲,最好的养生之道当属融入天伦之乐中。天伦之乐带给老人的是一种内在、持久的情感慰藉,使老人能够在与子女及孙辈和睦相处中再一次陶冶性情,健全人性。享受天伦之乐,老年人不能只是"准备一些唠叨,张罗一桌好饭",消极地等待、期盼年轻人能

11

"找点空闲，找点时间，领着孩子，常回家看看"。在现代社会中，年轻人的工作、生活压力很大，节奏很快，工作、家务、孩子以及与同事朋友的交往，使年轻人应接不暇。许多年轻人从内心盼望赋闲的父母能够在带孩子方面帮一把手，也渴望将"生活的烦恼跟妈妈说说，工作的事情向爸爸谈谈"，通过倾诉释放一些压力和烦躁，但从孝敬父母的角度考虑，又难以启齿。这时，老年人如果能够主动关心爱护子女，或在健康状况允许的情况下，参与帮着看护孩子，体现的将是对儿女最大的爱心和帮助，将心比心，儿子、儿媳或女儿、女婿也必将以同样的爱心回报父母，谁带大的孩子与谁亲是必然规律，孙辈也将对老人充满爱意。这样，一家几代人和睦相处，其乐融融。老年人在这样的氛围中修身养性、颐养天年，当是莫大的幸福。老年人有自己的生理特征，比如可能爱唠叨、爱讲自己的辉煌经历、对年轻人一些想法和做法看不惯等等，但无私的爱心将有助于化解这些个性差异、消除彼此心理隔阂。这是老年人对家庭的新贡献，是老年人自身价值的再实现，老年人将体会到一种新的成就感。所以天伦之乐能够愉悦身心，延年高寿。

（3）和乐且孺

《诗经·小雅》说"和乐且孺"，孺，即小孩子，在这里指孩子气，和乐且孺就是说一个人随和乐观，孩子气十足。有人概括一个人应该持有"六心"才会快乐健康，其中一点就是"童心"。小孩子天真活泼、纯洁无邪、无忧无虑、无怨无恨，并积极进取、不甘落后。小孩可以随意向妈妈撒娇，可以津津有味地看动画片，可以不去考虑生活的压力，走不动可以让妈妈抱，让爸爸背；对一切都充满好奇，喜欢模仿；好动，以游戏为生命，喜欢群居与同伴游玩，可以玩疯到天黑不回家；喜欢野外生活，到室外去玩就欢喜，终日在家里就不高兴；做事喜欢成功，穿了新衣服也要到处去炫耀……这是一种多么快乐健康、欣欣向荣的美好状态。

"万事休矣"，"老朽无能"，这是老年人常有的感觉和感叹。果真如此吗？其实不然，老年人的这种感叹除了年龄增高致体力下降的原因外，还有一个重要的原因，且常为人们所忽视，这就是精神老化。精神老化的实质是心理不健康。它最常见的表现是认为自己老不中用了，并因此而对自己进行消极的自我暗示，以致对未来丧失信心，对生活缺乏兴趣，对事业没有热情，如此何来快乐健康？冰心老人说过，人老不可怕，可怕的是心老。那么，怎样才能防止精神老化，保持心理健康呢？心理学家们认为保持童心是最好的方法。

老寿星能寿逾期颐，跨入百岁的长寿殿堂，原因很多，但最重要的一条，还是因为他们经常保持着一颗不泯的"童心"。

何为童心？《辞海》解释："儿童的心情，孩子气"。引申为真心，真情实感。童心是人们真实情感的流露，是天性，是真心实意。保持童心，就是要人们返璞归真，回归自然；而不要矫揉造作，虚情假意。

一些童心未泯的老年人常被称为"老小孩"、"老顽童"，他们不仅精神愉快，生活充满乐趣，而且身体非常健康。老年人童心不泯，乐当"老顽童"，保持心理上的轻松愉快，对于养生有着积极的意义。被北京市评为"健康老人"的百岁寿星谢肇把自己的长寿经概括为"四个有"：一是有年轻人的锻炼意志；二是有年轻人的愉悦之情；三是有年轻人积极向上、乐观进取的精神状态；四是有吃苦耐劳的身子骨。上海109岁的冯迪生老太虽然是位世纪老人，但仍像顽童般地好动。她最开心的时候就是两个重外甥女放学回家时，可以在一起用乒乓球球板互相拍打羽毛球。后来，冯老太又迷上了"扔飞镖"，晚饭后，孩子们手拿靶子，冯老太一个飞镖打过去，真的还很准。勃发的童心，滋润着老人的精神世界，给老人的晚年生活带来了无限的乐趣。

老年人的童心，实际上是一种精神上返老还童的心理，它能使老年人忘却烦恼和忧愁。忘掉年龄，同青少年打成一片，保持一种积极向上的乐观和豁达的襟怀。105岁的辛亥老人喻育之特别喜欢孩子，每当他遇到周岁左右的孩子，总要抱来亲一下或者合影留念。他常问幼儿园的孩子："你几岁了？"孩子们回答5岁或6岁时，他总是一本正经地说："我才4岁，是你们的弟弟。"于是，两个世纪的人一同发出了欢乐的笑声。浙江慈溪浒山镇的百岁老人陈菊金最喜欢和少年儿童围坐在一起讲故事、猜谜语、说笑话。她讲的故事绘声绘色，常常讲的人眉飞色舞，听的人如痴如醉。老人说："我的健康长寿是和青少年交朋友得来的，看着他们甜甜的、嫩气的脸，听着他们的笑声，我的心就乐了。"年轻人生命的活力感染了老人，使老人在笑声中再一次感受到了生活的欢乐。

童心，就是要老年人保持孩子般的心情，乐当"老顽童"。著名作家、百岁文坛泰斗冰心女士一生与儿童为伍，把毕生精力倾注于儿童文学的创作之中。她说："生命从80岁开始"，要"永远保持着一颗年轻的童心"。素有"老顽童"之称的湖南省衡东县的成唐氏虽然已年过期颐，但仍童心不泯。她喜欢打牌，有时没有"搭档"，就独自在家中一人顶两人玩。有时还扳着手指，认真地计算着，神情中不时闪现出纯真的孩子气。等一方和了以后，她会像小孩一样高兴地说："赢了，赢了！"那自得其乐、轻松愉悦的样子，透露出老人童心永驻的美好情感。

怎样塑造自己的童心呢？一是可以多看童话书。一个简单的童话故事往往富含哲理，因此，经常阅读童话书，不仅能捕捉到自己童年的生活乐趣，

13

还能培养幽默感,充实生活。二是追忆童心。不妨经常追忆些童年时代的乐事,比如捉迷藏、放风筝、捉蛐蛐,或者外出游玩等,让童心再度萌发。三是多存童乐。人到老年,往往会产生失落感、自卑感、孤独感,这些消极情绪对身体极为有害。无论遇到什么挫折,老年人都要尽量想得开,并保持乐观的情绪,以延缓老化进程。四是多交童友。老年人多喜欢和小孩一起嬉戏玩耍,并从孩子的言谈举止中重温童年时光,使心灵感到极大的慰藉,这样既能消除老年人的心理压抑,又能驱散老年人的烦恼,减少孤独和寂寞感。

（4）知足常乐

知足常乐这个词出自《老子·俭欲第四十六》:"罪莫大于可欲,祸莫大于不知足,咎莫大于欲得。故知足之足,常足。"意思是说:罪恶没有大过放纵欲望的了,祸患没有大过不知满足的了,过失没有大过贪得无厌的了。所以知道满足的人,永远是觉得满足和快乐的。

科学家认为,知足常乐、淡泊名利的人会健康长寿。有的人不知足,只与好的强的比,差的弱的视而不见,必然会给自己带来忧愤、嫉妒等不良情绪。

唐代诗人白居易说:"自静其心延寿命,无求于物长精神。"当代作家冰心也说:"事因知足心常乐,人到无求品自高。"因为他们个人欲望不高,不在世俗中随波逐流,不为争名逐利而苦恼,自然能化解心理危机,防治心理疾病。由于精神轻松,机体的生理功能处于最佳状态,免疫力高,抗病力强,病魔也要退避三舍,自然会延年益寿。

有一位老寿星,活到 103 岁还耳聪目明、口齿清楚、思维敏捷。有人问他有什么长寿秘诀,他说:"内心清静自然能长寿。"知足常乐的前提就是清心寡欲。

心理学家研究认为,欲望愈高的人,愈容易自寻烦恼;奢望愈大的人,愈容易挫折缠身。物质上的清贫,可以拥有精神的快乐;欲望上的清贫,可以舍去烦恼之苦。清心寡欲,是一种境界。清心寡欲,就是要做到内心清静,节制嗜欲。头脑里没有非分之欲、邪恶之欲、有悖于法律与道德之欲。中医的经典著作《黄帝内经·素问》说"志闲而少欲,心安而不惧……是故美其食,任其服,乐其俗,高下不相慕。"寡欲之人,对自己生活享受要求较少,清贫朴素,而且追求高尚的道德情操,崇尚精神上富有。因为欲望不高,容易产生满足感和幸福感,无怨、无悔、无忧、无虑,自然心中常乐,有益健康。道德高尚是心理健康的基础,精神富有是心理养生的重要因素,所以孔子说:"大德必得其寿"。诚然,我们所说的清心寡欲,并不是说脑子什么都不想,什么欲望都没有,如金钱欲、权力欲应该少些再少些,而求知欲、工作欲,还有与疾病作斗争的求生欲,健康长寿欲,那是不可少的。

(5) 助人为乐

　　心理研究表明,孤独的生活往往是种种心理疾患的前奏。没有朋友,没有和谐的人际关系,人们会感到不适与苦恼,慢慢地,会对生存的意义感到迷惑。因此,我们需要友情,需要被他人接纳、尊重、关心和理解。在获得友情、搞好人际关系的诸多因素中,助人为乐则显得非常重要。当你遇到棘手的难题时,有人帮助你,问题便迎刃而解;当你感到苦恼时,有人来安慰你、开导你,你便会顿开茅塞……当你得到精神、感情方面的安慰、鼓励、支持、帮助时,一种感激之情就会油然而生,甚至产生知恩图报的愿望。这样一来,你们之间的情感联系也就加深了。同理,你在别人遇到这样或那样的问题时,热情地给予关心、爱护、帮助,别人也同样会产生这样的心理效应。同志之爱、长幼之爱、邻里之爱,这是生活的主旋律;帮助别人,多给他人以友爱,是维护着人们快乐生活与和谐社会的纽带,同时也给自己带来幸福和愉快。

　　研究发现,凡是关爱他人、喜欢倾听并乐于助人,可能会使人们的精神更健康、也更长寿。我国1998年首次评选出的286名80岁以上的健康老人中,90%的老人都认为:甘于奉献、助人为乐,就会产生幸福和快乐的情感,这是他们身心健康的秘诀之一。老年专家学者的调查研究表明,老年人"心宽寿高",能多为他人做点好事,处理好人际关系,对家庭幸福、邻里和睦,延年益寿都非常有益。著名精神医学家亚弗烈德·阿德勒通过调查研究发现,长寿者中,95%以

图 3　助人为乐

上都有甘于奉献、乐于助人的精神。他常对那些孤独者和忧郁病患者说:"只要你按照我这个处方去做,14 天内你的孤独忧郁症一定可以痊愈。这个处方就是每天都想一想,怎样才能帮助别人,使他人快乐。"

　　一个人对弱者或陷于困境的朋友伸出援助之手,他的心中会涌出欣慰之感;一个人坚信自己于他人有益,将更积极向上。这"欣慰之感"和"积极

15

向上"的精神,是自我完善的催化剂,更是身心健康的营养素。这就是俗话所说的"情舒则病除"。

现代医学研究认为,大脑部分细胞膜上存在着吗啡样受体。人在助人之时,受到爱心滋润,体内会产生一种类似吗啡样的天然镇静剂——内啡肽。它通过细胞膜上的吗啡样受体,使人产生愉悦之感。同时,乐善好施的行为还可激发众人的感激、友爱之情,为善者因为赢得了人们对自己的好感与信任,从而内心获得温暖与满足感。生活在这样的环境与氛围中,人自然轻松愉快,坦然、安然加悠然,自然快乐健康。

助人为乐是一种帮助人们克服自卑、抑郁、焦虑等消极情绪的良策。帮助他人是自我能力的一种体现。若你能帮助他人,不仅能给别人温暖,也会激起自己的力量,让自己体会到自我的价值,树立起对自我的信心。帮助他人是获得友情、改善人际关系的好途径。倾听一下别人的诉说,在别人困难时帮一把,这些事都会令人觉得你富有同情心,值得相交。帮助他人可以转移对自我心理病症的关注。在帮助他人的过程中,我们必须细心观察他人是否需要帮助,需要何种帮助,以及如何把这种帮助做好。无形之中,你就有了忘我的精神。帮助他人就是提高自己。我们在给别人讲授知识的过程中,自己对知识也会理解得更加准确透彻;我们帮助别人解除心灵痛苦,自己的心胸也会越来越豁达;我们帮助别人解决生活困难,自己的实践能力也得到了锻炼。

可见助人,其实不仅仅利他,也是利己,是一个双赢的过程。在帮助别人的同时,自身也获得了成长,无论是助人者,还是接受者,双方都受益。

(6) 苦中作乐

乐观会给生命注入一份活力与生气,使人从痛苦、贫困、难堪的处境中超脱出来,乐观是生命保鲜的最佳良药。人生不如意之事,十之八九,在不尽如人意的生活中,要学会通过各种方式苦中作乐,排解愁苦,减轻生活的重负。以乐观的态度对待生活,你就不会总是愤世嫉俗,牢骚满腹,你也能更加健康。

苦中作乐不是自我麻痹,不是消极退却。每个人都不那么锋芒太露、以牙还牙,多一些理解、尊重,世界也就不会被扭曲。古希腊哲学家伊壁鸠鲁曾说:"欢乐的贫困是件美事!"

每一个人都可以既征服困难,又生活得快乐。有人曾经问过一些饱受磨难的人是否总是感到很痛苦和悲伤,有的人答道:"不是,倒是很快乐的,甚至今天我还有时因回忆它而快乐。"为什么呢? 这是因为他从心理上战胜了磨难,他从磨难中得到了生活的启示,他为此而快乐。正如林肯所说的:大部分的人只要下定决心都能很快乐。既然客观环境必须接受,那么何不快乐地接受,要让自己适应一切,而不应该抱着调整一切来适应自己的奢望。要学会欣赏美的一切,去爱,去相信我爱的那些人会爱我。在日常生活中,人们常常会因为许多事情而引起无限感触。究竟为什么?自己却说不清,直到有一天皱纹悄悄爬上眼角,才顿然领悟到:自己过去之所以从未快乐过,关键在于总把逝去的一切看得比实际情况更好;总把眼前发生的一切看得比事实更糟,总把未来的前景描绘得过分乐观。如此形成了恶性循环,于是便钻入"庸人自扰"的怪圈里了。

如何苦中作乐?首先要学会幽默。从困境中寻找快乐是一种愿望,但这个愿望的实现需要借助于相当勇敢的、超乎常人的丰富想象。幽默的艺术可以归结为一句话,即"无理而妙"。

美国成功的剧作家考夫曼,20多岁的时候就挣到了一万多美元,这在当时对他来说是一笔巨款。为了让这一万多美元产生效益,他接受了自己的朋友、悲剧演员马克兄弟的建议,把一万美元全部投资在股票上,而这些股票在1929年的经济大萧条中全部变成了废纸。但是,考夫曼却看得很开,他开玩笑似地说:"马克兄弟专演悲剧,任何人听他的话把钱拿去投资,都活该泡汤!"考夫曼股票投资的失败是美国经济危机造成的,而他却充分发挥了他剧作家的想象力,把原因归结到他股票投资的建议者马克兄弟身上,荒谬地说是因为马克兄弟专演悲剧才造成了他投资失败的悲剧。面对那么一大笔损失,考夫曼没有真正怨天尤人,而是运用了假托埋怨、苦中作乐的方法面对这种财产损失的痛苦和困境。

美国第16任总统林肯貌不惊人,他常通过拿自己的容貌开玩笑的方式来与周围的人沟通。有一次,他讲了这样一则故事:"有时候我觉得自己好像一个丑陋的人,我在森林里漫步时遇见一个老妇人。老妇人说:'你是我所见过的最丑的一个人。''我是身不由己。'我回答道。'不,我不以为然!'妇人说,'长得丑不是你的错,可是你从家里跑出来吓人就是你的不对了!'"没有人会因为自己容貌丑陋而骄傲,也不会有人喜欢自己越来越老。可是面对我们不能改变的与生俱来的东西我们可以换一种心态来对待,我们要学会苦中作乐。

或许有人会说:一些痛苦是可以预料而渐渐产生,那样还好苦中作乐,面对从天而降的突发打击,痛苦突如其来,咋能苦中作乐呢?一则幽默故事或许能给我们以启示。

有一位销售员,他攒钱攒了好几年,好不容易买了一辆新汽车。有一次,他教太太开车,车下坡时,煞车突然失灵了。"我停不下来!"他太太大叫着说道:"我该怎么办?""祷告吧!亲爱的。"销售员也大叫着说道:"性命要紧,不过你最好找便宜的东西去撞!"车撞在路旁的一个铸铁垃圾箱上,车头撞坏了。然而他们爬出车子时,并没有为损失了一大笔财产而沮丧,反而为刚才的一段对话大笑起来。目睹的行人以为他们疯了,要么就是百万富翁在以离奇的方式寻找刺激。有人走过来问:"你们想把车子撞坏吗?"销售员说:"我太太看见了一只老鼠,她想把它压死。"

"心中常有喜乐,身体常保健康",学会了苦中作乐,你就窥见了通向身心健康的大门。

4. 安 居 之 乐

或许由于住房过于普通,很多人并不快乐,但是他们没有意识到,有房住是何等乐事。遥想远古先民住树巢、居穴洞;战争动荡年代,人们颠沛流离、居无定所;即使在当今世界,尚有无遮风挡雨之处的苦难民众。这样看来,能安居一处是多么幸福快乐。能安居本身是件乐事,大多数人一生有一半以上时间是在住宅中度过的,居住的环境和卫生状况,直接影响着人类的身心健康,怎样从实际出发,因地制宜地选择住宅和建造一个舒适清静的生活环境,使自己更加健康快乐地生活,对我们每一个人来说是至关重要的。低劣的居住环境,对人体的心理和生理都是一种恶性刺激,有可能降低居民健康水平。那么,何以安居养生? 我们一起来看看其中的知识。

(1) 正确选址身得安

居住地的环境对人的身体健康有很大影响,古人大多主张居住地最好选在深山老林或依山傍水、气候宜人、土地肥沃、水质清净之处。唐代大医学家孙思邈在年老时就选择了一个山清水秀的地方居住,寿至百余岁。古代的不少养生家,如南北朝的陶弘景、明末清初的傅青主等都崇尚超凡脱俗、隐居山林,认为这样可以避开喧嚣尘世的纷扰,有利于修身养性。

这在一些山村可能比较容易做到,在城市只能靠人工来达到这样的目的,如造一些假山、喷泉,当然这是理想中的住宅选址,实际生活中应该因地制宜,尽量创造接近这样理想的环境。

选空气清新之处 山区、高原、海滨由于空气清新,环境污染较少,是理想的居住地,有条件者应尽可能把住房建在依山傍水的地方。依山建房,在冬季,山上的树木可减低风速,挡风沙,避寒冷;在夏季,茂密的树林可减少阳光的辐射,调节炎热的气温。傍水造屋,用水方便,特别是清澈甘甜的泉

19

水终年不断,水的流动和蒸发作用还有利于调节空气,清除浊物。不过,对于大多数人来说,难以自由选择居住地,但也要尽可能选择空气清新、环境安宁的地方。

避免环境污染 当今社会中造成环境污染的主要原因是生产性污染、生活性污染和交通运输污染。

空气污染对健康的危害是严重的。首先受害的是呼吸道,由于呼吸道黏膜与污染物的接触面积大,所以吸收很快,从而引起呼吸系统疾病,甚至全身中毒。其次是消化道,空气中的污染物沉降到水、土壤和食物上,污染了水和食物,从而对消化系统造成危害。此外,污染物还可对皮肤、黏膜直接造成危害。随着工业的发展,空气中混入的致癌物质逐渐增多,如多环芳烃、砷、铅、镍、石棉等,尤其是多环芳烃中的苯并芘是一种强烈的致癌物,能诱发肺癌等多种癌症。空气污染还有许多间接危害,如大气污染物能吸收太阳辐射线、影响阳光强度,特别是紫外线,而阳光中的紫外线具有杀菌作用。因此,购置的新房应尽可能远离工矿企业,使居住环境的污染降到最低限度。

居住环境安宁 居住环境的安宁也是健康长寿的主要因素。人类生活在各种各样声音之中,有的声音对人体有益,如优美的音乐,悦耳的歌声等,这些声音会使人心情愉快,精神振奋,它不仅是人类不可缺少的精神食粮,而且也是促进健康的环境因素,而各种噪声却给人体带来极为有害的损伤。

噪音在物理学上是指含有多种音调成分的无规律的复合声,生物学上则把凡是人不需要的使人不适和厌恶的声音均纳入噪音的范畴。噪声主要来源于交通运输、工业生产、建筑施工、公共活动和社会噪音(集贸市场、高音喇叭、家庭收录机、洗衣机)等,其中汽车、电车、拖拉机、火车、轮船、飞机等交通运输工具中的喇叭、汽笛、刹车等所产生的噪音占整个噪音来源的 70%。

目前关于噪音控制国际较为公认的标准为:市区:白天小于 55 分贝,夜晚小于 45 分贝。居住区:白天小于 45 分贝,夜晚小于 35 分贝。一般在白天,小于 50 分贝的噪音环境,主观感觉安静;60~80 分贝的噪音环境,主观感觉吵闹;80~100 分贝的噪音环境,很吵闹;100 分贝以上的噪音环境,难以忍受。

噪声污染对人体健康的危害是多方面的。当噪声超过一定的分贝,就会干扰人的睡眠,影响人的正常生活,降低工作效率。在吵闹的环境中工作易烦躁、疲劳、记忆力减退、反应迟钝。噪声对听力的损害最为直接,强噪声使人刺耳难受,或感疼痛,使听力下降。若突然暴露在 140 分贝以上的噪声下,会引起耳中鼓膜破裂,造成耳聋。

因此，一定要设法降低噪声。噪声大的工矿企业应远离居民区，不允许建筑工地在夜间施工，以免影响人们的休息。在居住地的选择上，要尽量选择噪声低的地区，在城市中也要尽可能避开市中心繁华地段、工厂附近和马路两侧等，家庭中，电视、音响的音量不要太大。

此外，不要居住在有高压、高电磁、高放射的地方。高压就是电厂附近的高压线、电转送站。高电磁又叫"地辐射"，是由各局部电磁扰动作用引起的。一些地质生物学家认为，整个地面都有密如蛛网的电流通过。这些电流交叉的地方，便会形成一股损害人体的强大力量，可能是一种电磁辐射波，即"地辐射"。它可使人表现出精神恍惚、烦躁不安、兴奋失眠或惊恐等症状。住进这种"凶宅"，易患癌症，有人称此为"癌屋"。我国放射性本底一般不高，天然放射性本底包括宇宙射线和天然射线核素的辐射。许多建筑材料，如石料、砖砂、石灰以及加工后的无釉地砖、彩釉地砖、花岗岩、瓷片、马赛克、混凝土、水泥等，均有不同程度的放射性物质。对有放射性物质的建筑材料，要涂上密封剂阻隔，不让其继续散发到室内空气中。

（2）合理布置益身心

一般来说，每户住宅应有自己独立的成套房间，包括主室和辅室。主室为一个起居室（或称客厅）和适当数目的卧室；辅室是主室以外的其他房间，包括书房、餐厅、厨房、卫浴间以及过道、阳台（指楼房）或花园（指平房）等室外设施。

主室布局　应与其他房间充分隔开，以免受其不良影响，并且应有直接采光。其中的客厅宜大、宜明，因为客厅是整个住宅中家人活动最多的场所以及主人与客人来往的集散地，所以应该是整个住宅中面积最大的房间。明即明亮、通畅，给人以生理的宽大空间和心理的气势空间，因此风水术中将客厅称为"明堂"。卧室宜密，即卧室应当布局在既阳光充沛、通风顺畅而又相对私密的地方，卧室门口或前后左右不可人流频繁、声光嘈杂，这符合风水术所谓"卧之归藏于密"的原则，也符合现代卧室需营造"私密性"的要求。

辅室布局　书房宜静，不要布局在太临近厨房等易于产生噪音的房间，也不宜将其安排在窗户临街嘈杂的房间。餐厅宜明，不可布局在阴暗之处，明亮的自然光线或人工采光，特别是通过灯光把精美菜肴和餐具照得通透明亮，能大大刺激人们的食欲，可使就餐者产生"垂涎欲滴"的感觉，使食物所谓"色、香、味、形"四大享受尽善尽美。卫浴间在古时被称为"污秽、潮湿之地"，对居住者的生理卫生和心理健康有着很大的影响，古文献所提到的卫浴间不可正对大门、不可正对房门、不可正对客厅、不可正对床铺、不可正对厨房、不可处于上风口等等都是从这一个角度出发提出的经验之谈。一般而言,卫浴间最好布局在东方或西北方,因为这两个方向既有阳光、通风,又不占据住宅的最佳方位——南方和东南方;特别是卫浴间的门尽可能不要正对着居住者会客、睡卧、就餐等地方。厨房在布局上无特殊要求,但由于燃料、油料是住宅中最主要的污染源,对家庭成员尤其家庭主妇的健康影响很大,是引起肺癌的重要因素,因此必须在厨房安装排油烟机,同时提倡使用精制油和采用低温油即油未冒烟时炒菜,以减少燃料、油烟对人体的危害。

室外设施　若住宅为平房,可根据条件营建小花园或小菜园,种花种菜,置棚搭架,躬耕自在,劳动形体,赏花看景,愉悦精神,同时环境绿化还能减轻污染、洁净空气。阳台(或露台)是现代社会城市、乡镇楼房住宅中我们接触最多、关注最多的室外设施,是居住者采光通风、呼吸新鲜空气、观赏户外美景、进行健身锻炼、冬天晒太阳、夏天纳凉的一个重要场所,可谓传统风水术中的"气口";同时,也因为阳台多是开放式的,所以也极易受外界烈日、寒风、雨水、噪音、灰尘等不良环境因素的影响和干扰,对人体的健康有一定的影响,因此对阳台的布局和营建就显得非常重要。阳台在布局上首先是方位:古人认为:"紫气东来,清气南来,炎气西来,煞气北来",故阳台最宜朝向东方和南方;千万不能把阳台改建成厨房、卫生间、储藏室甚至成为乱堆杂物的地方,这样就破坏了居所的"气口",使居住者完全被封闭在室内,断绝了人与大自然相通相合的"通道",对健康非常不利。其次是面积:阳台宜大、宜畅,阳台宽大而通畅,才能发挥阳台诸多对人体有利的功效。再次是绿化:如果在前两者的基础上,再营建阳台的绿化,如选择万年青、金钱树、发财树、铁树、棕竹或者米兰、茉莉、月季、海棠等,朝东、朝南阳台宜选山茶、杜鹃、文竹、君子兰等半阴植物,朝北阳台宜选万年青、兰花等喜阴植物,就可把住宅里的"人"与室外设施——阳台自创环境的"天"完全吻合起来、达到天人合一的境界。营造阳台园林小空间,居室生机益然,回归自然,花草植物还有释放氧气、调节气候、吸收噪音、减毒灭毒、调节情绪等多种功能,可使居者身心愉悦,对健康十分有益。

5. 美 食 之 乐

中国有句古话:"民以食为天"。食物,是人们生命之根本,是人们赖以生存的基本物质。没有食物人们就无法生活,更谈不上健康和繁衍后代。我们的祖先吃树皮、草根、茹毛饮血,而后逐渐种植五谷,饲养禽畜,为了生存,同大自然进行着长期艰苦的斗争。在中国几千年历史上,不断发生的攻城略地、你争我夺,大大小小的战争大多是围绕争夺生活资源而引起的,对大多数中国人来说,吃饭不仅是第一需要,而且差不多是全部需要,吃饭真是件天大的事情。时间推移到 21 世纪,改革开放近 30 年来,最引以为自豪的成就是中国人的吃饭问题终于解决了,回想起来,能吃饱饭、吃美食是多么美好快乐之事。当然人总是在满足较低层次的需要之后,就追求较高层次的满足。因此,只有健康美食,才能满足当前人们心理愉悦的需要。

(1) 色香味形使人悦

《黄帝内经》中说:"美其食,任其服,乐其俗。"食物除了能果腹之外,还能带给我们精神的愉悦。"食色,性也",这句话说明食和色一样,都是人类的本能,也说明二者都能给人带来感官的满足,给人以乐趣。其实,吃饭的时候,能刺激人食欲或满足人饮食要求的不仅是食物本身。好的食物,色香味形俱佳,能使人从各方面获得快乐。中国又是美食之国,这方面更是有着较严格的要求,不仅满足了我们的饮食需要,还让我们在吃饱的同时能得到美的享受和精神的快乐。

美食,首先颜色和外观要好。绿菜要青翠欲滴,肉要鲜嫩,汤色可艳可淡但应清澈如水、浓稠如粥。水果要新鲜,果菜雕花要优美,拼盘要搭配得当、错落有致,等等。这样的食物,不要说吃,就是拿来欣赏都是一种美的享受。电视节目时常有国内顶级厨师的介绍,看他们拿萝卜、水果等普通食材雕出的花、鸟、鱼、兽,栩栩如生,让人不忍下箸,本身已经可以做为一件艺术品而满足我们欣赏的需要。看到这样的食物,我们的反应除了胃口大开,对食物味道的期待外,更有一种精神享受之后的愉悦感。

图4 美食之乐

美食,其次要在香气方面引起人精神的愉悦。香气要么醇厚,要么清幽,要么就透出一股纯正的烹熟的食材香气,比如熟肉的浓香、蔬菜的清香,水果的甜香,要么就以调味品的香气取胜,如火锅中花椒、辣椒、草果等的混合香气。中国人烹调食物,对调料的放置是十分讲究的,例如家畜类食材烹调时放姜、茴香,还要注意对食物本身香味的烘托和增益。一份"香喷喷"的饭菜,尚未端上桌来,其香味就已经勾动了我们的食欲,让人胃口大开,同时心情十分愉悦。中药巨著《本草纲目》的作者,明代李时珍说过:"土爱暖而喜芳香。"就是说,脾胃(属土)喜欢芳香的味道和食物,所以食物如果芳香扑鼻,能增进脾胃功能。而且,每一餐前,最先接触食物的感官,不是舌,不是眼,而是鼻子。好的食物,香味先通过鼻子刺激脾胃,让脾胃做好接受和消化食物的准备;而味道不好的食物,恐怕鼻子一闻,人马上就没有了食欲,当然,有时候这也是一种自我保护,例如对腐败食物的鉴别,首先就是靠味道。可见,食物味道对享受美食之乐的重要作用。

美食,入口后的味道是最根本的。食物,被食用后刺激舌上的味蕾反应出的味道和被消化吸收后给人带来的益处,是最根本的特征和作用。食物的美味有时能压倒其他方面的特征,例如臭豆腐,看着和闻着都不怎么让人愉快,但是就有很多人爱吃,因为其味道确实有独到之处。美味的食物,总能让人在吃饱的同时,得到精神的愉悦。同时,很多食物,被人消化吸收后,还能让人产生愉快的情绪。今人总结了十大让人快乐的食物,有深海鱼、香蕉、葡萄柚、全麦面包、菠菜、樱桃、大蒜、南瓜、低脂牛奶、鸡肉,其他还有巧克力、苹果等,可见食物与快乐真的有密切的关系。

(2) 健康饮食要得法

健康饮食的基本原则,大家对照自己看看做到了吗?

首要原则就是全面膳食。食物的种类多种多样，所含营养成分不尽相同，只有做到合理调配，才能保证人体正常生命活动所需要的各种营养。《黄帝内经》提出："五谷为养，五果为助，五畜为益，五菜为充，气味合而服之，以补精益气。"概述了膳食的合理组成结构，意思是说以谷类食物滋养人体，以动物食品补益脏腑，用蔬菜水果作为副食辅助、补充。这样调配的膳食，食物多样，荤素搭配，含有人体所需要的各种营养成分，比例适当，避免了五味偏嗜，对于调养身体、促进健康是很有意义的。中医《内经》时代的饮食观念与现代所提倡的膳食结构金字塔的思想是一致的。现代的膳食营养结构提倡每人每天最好摄入谷类粮食300～500克，水果100～200克，蔬菜500克，畜禽肉50～100克，奶类100克，豆类食品50克。

第二，传统膳食养生讲究天人相应。人处于天地之间，生活于自然环境之中，作为自然界的一部分，人和自然具有相通相应的关系。自然界的气候变化对人体产生一定的影响。所以饮食应顺应四时的变化，否则反而会导致疾病。春季阳气升发，万物生机勃勃，为了顺应这种变化，可食用一些辛散之品，如葱、姜、蒜、香菜、豆豉等，以振奋身体的阳气；夏季天气炎热，宜食苦寒解暑之品，如苦瓜、绿茶、绿豆等；三伏天暑湿较重，宜化湿之物，如冬瓜、薏苡仁、白菜等；秋季气候干燥，宜食甘润之品，如百合、枇杷、蜂蜜等；冬季气候寒冷，又逢身体休养生机的时候，适合于吃温补之品，如羊肉等。饮食也应该顺应地域特点，四川人爱吃辣，正是由于四川地处西南山区，气候潮湿，吃一些辛辣之品，如辣椒，花椒等，可以燥湿，这是天人相应的一种表现。如果四川人到北方工作后，就应该与北方的特点相应，少吃一些辣椒，因为北方少雨干燥，辣椒吃多了，很容易上火。

第三，进餐要有规律。人体对饮食的消化、吸收，主要靠脾胃来完成，进食定量，饥饱适中，恰到好处，则脾胃能够承受。饮食的消化吸收正常，人体就能及时地得到营养供应，以保证各种生理活动的进行。如果饮食不规律，暴饮暴食，或饥一顿、饱一顿，则容易损害健康，造成早衰。

人经常处于饥饿状态，身体长期缺乏营养，会使气血虚弱而引发疾病，临床上常出现面色不华、心悸气短、全身乏力等症状。同时由于气血虚弱，致使机体抵抗力下降，会继发许多其他病证。反之，吃饭不节制，常常吃得太饱，可能出现胃腹部胀满不舒，大便有异味等胃肠道症状。

进食宜有较为固定的时间，早在《尚书》中就有"食哉惟时"之论。如果食无定时，或零食不离口，或忍饥不食，打乱胃肠消化的正常规律，就会使脾胃失调，消化能力减弱，食欲逐渐减退，有损健康。

现在世界上大多数国家采用的是每日三餐制。它符合日常生活、工作与学习的安排，能使摄入的各种食物营养满足机体的需要。一日三餐又各有讲究,一般情况下,一天需要的营养,应该均摊在三餐之中。每餐所摄取的热量应该占全天总热量的 1/3 左右,早餐是一天中非常重要的一餐,因为它既要向人们提供一上午工作所需的热量,又要能活跃大脑功能,早餐质量高,人在整个上午的血糖水平可保持在正常略高的水平,人会感到精力充沛,既满足了工作时需要的能量,又不会使人发胖。午餐既要补充上午消耗的热量,又要为下午的工作、学习提供能量,因此量一般要多一些。晚餐不宜过饱,由于血中胰岛素傍晚上升到高峰,晚上吃得太饱而又没及时消耗多余的能量,会导致血糖转化成脂肪贮存起来,日子久了,就成了大腹便便的胖子;同时,晚餐过饱,血脂量猛增,加上睡眠时人的血流速度明显减慢,大量血脂就容易沉积在血管壁上形成动脉硬化,引起高血压、冠心病等疾病。曾经出现过原有的冠心病患者,因晚餐过食油腻肥甘之物,而在睡眠中突发心肌梗死而去世,也有诱发急性坏死性胰腺炎而死亡者,因此晚餐需要控制。"早吃好、午吃饱、晚吃少,人难老",一日三餐的热量,早餐应该占 25%～30%,午餐占 40%,晚餐占 30%～35%,早餐不但要注意数量,而且还要讲究质量;午餐应适当多吃一些,而且质量要高;晚餐要吃得少,以清淡、容易消化为原则,至少要在就寝前两个小时进餐。

第四,饮食要卫生。注意饮食卫生是养生的重要内容之一。食物应当新鲜、没有杂质、没有变色、没有变味并符合卫生标准,严把病从口入关。进餐要注意卫生条件,包括进餐环境、餐具和供餐者的健康卫生状况。新鲜、清洁的食品,可以防止病从口入,避免被细菌或毒素污染的食物进入机体而发病。大部分食品不宜生吃,需要经过烹调加热后变成熟食,才能食用,肉类更要煮烂,其目的在于使食物更容易被机体消化吸收。同时,也使食物在加工变热的过程中,得到清洁、消毒,除掉一些致病因素。

(3) 膳食禁忌请注意

饮食禁忌可谓是传统膳食养生的一个重要内容,在这里我们列举一些常见的膳食禁忌,供大家参考。

一日三餐的饮食禁忌:早餐应补充足够水分,忌只吃干食;自带午餐不宜带绿叶蔬菜,可带一些水果、米饭、牛肉、豆制品、各种非绿叶蔬菜、酸奶,因为绿叶蔬菜不耐久放;午餐忌吃得过饱,防止头昏脑胀,影响下午的工作;晚餐合理搭配,清淡为主,忌大鱼大肉过多油腻;晚餐忌暴饮暴食;晚餐不宜过晚;忌饭后大量喝汤,防止冲淡胃液影响消化;忌吃饱即睡,容易引起肥胖;饭后不宜立即吃水果,最好在饭后 1～2 小时后再吃;忌饭后吸烟、喝茶;忌饭后马上运动。

几种食物忌吃新鲜：①鲜海蜇：新鲜的海蜇含水多，皮体较厚，还含有毒素。只有经过食盐加明矾盐（俗称三矾）清洗两次，使鲜海蜇脱水两次，才能让毒素随水排尽。洗后海蜇呈浅黄色，厚薄均匀且有韧性，用力挤也挤不出水，这种海蜇方可食用。②鲜黄花菜：鲜黄花菜又名金针菜，未经加工的鲜品含有秋水仙碱。秋水仙碱本身无毒，但吃后在体内会氧化成毒性很大的二秋水仙碱。只要吃3毫克二秋水仙碱就足以使人恶心、呕吐、头痛、腹痛。若吃的量多，可出现血尿或便血，20毫克可致人死亡。干品黄花菜是经蒸煮加工的，二秋水仙碱会被溶出，故无毒。③鲜木耳：鲜木耳中含有一种叫卟啉的光感物质，食用后若被太阳照射可引起皮肤痛痒、水肿，严重的可致皮肤坏死。若水肿出现在咽喉黏膜部位，会出现呼吸困难。干木耳是经曝晒处理的成品，在曝晒过程中会分解大部分卟啉，而在食用前又经水浸泡，其中含有的剩余毒素会溶于水，使水发的木耳无毒。

泡菜不宜多吃：新鲜蔬菜都含有一定量的无毒的硝酸盐，在腌泡过程中，它会在细菌的作用下还原成有毒的亚硝酸盐。同时，硝酸盐进入体内后，可在组织代谢作用下生成亚硝胺。亚硝酸盐和亚硝胺都对人体有害，特别是亚硝胺有致癌作用。因此，泡菜不宜多吃，尤其是肝炎病人，由于肝功能有所下降，最好不要吃泡菜。

辣椒不宜多吃："四川人怕不辣"，吃辣椒几乎成了四川人的标志。但辣椒食用过量也会损害人体健康。一次食用过多的辣椒素会强烈刺激胃肠黏膜，使其高度充血、蠕动加快，从而产生胃疼、腹痛、腹泻并使肛门有烧灼刺痛感，还可能诱发胃肠疾病，促使痔疮出血等。四川人肛肠疾病十分常见，与吃辣椒过多有很大关系。因此，患有食管炎、胃肠炎、胃溃疡以及痔疮等病患者，都应该少吃或忌食辣椒。由于辣椒属于大辛大热，所以火眼、牙疼、喉痛、咯血、疮疖等，或阴虚火旺的高血压、肺结核患者，也要尽量少吃辣椒。

患病期间膳食禁忌：脾胃虚寒而致胃痛呕吐腹泻者忌吃生食，如大量生的蔬菜、水果、冷食等。辣椒、花椒、韭菜、葱、姜、蒜等辛辣之物，为内热症患者所忌。脾虚痰湿或夏日感受暑湿的患者不宜进食黏滑油腻的食物，如糯米、肥猪肉、奶酪、油炸制品等。脾湿或者痰湿患者应忌食荤油、肥肉、油煎炸食品，以及奶、酥、酪等乳制品。海产品、羊肉、狗肉等食物，为风热、痰热、斑疹疮疡等症所忌。风寒感冒、哮喘咳嗽、斑疹伤寒、痤疮痈肿、病后初愈的病人应忌食腥膻辛辣发物，如海鱼、无鳞鱼、虾蟹、羊肉、芫荽、葱、姜、蒜等，以免引起新病加重，旧病复发。

服药期间膳食禁忌：有的食物可以减轻药物的作用，降低疗效。最典型的例子是萝卜能降低人参的补气作用，所以二者不宜同服。茶叶可与多种药物发生化学反应，因此饮茶时间与服药时间最好错开。《本草纲目》中还

5. 美食之乐

记载了一些经验，如薄荷忌蟹肉，甘草、黄连、桔梗忌猪肉等，可供参考。

妇女特殊时期的膳食宜忌：妇女在月经期，应少吃寒凉性食物，以免引起痛经、经血不畅等临床表现。妊娠期，应避免吃不易消化、胀气的食物，如荞麦面、高粱米、白薯等。哺乳期，宜多用鸡、鸭、鱼、牛肉、猪肉炖汤喝，既补充营养，又促进乳汁分泌；尽量少吃生食冷食，及辛辣之物。但也不要禁忌太多，以免影响母亲及乳儿的健康。

注意以上饮食禁忌，才能让我们更好地享受美食之乐，避免发生"乐极生悲"的惨剧。

（4）药食同源保健康

中医历来强调药食同源，药王孙思邈的《千金方》指出："食能排邪而安脏腑，悦神爽气以资血气，若能用食平疴，释情遣疾者，可谓良工……当须先晓其病源，知其所犯，以食治之，食疗不愈，然后命药。"意思是说：正确的饮食能够祛除病邪而使身体健康，如果能用饮食治疗疾病，那就是一名高明的医生，遇到疾病，应该首先考虑用食疗，如果食疗效果不好，然后才用药。

目前药膳食疗养生防病治病的风气较盛，我们在本书开篇提到了养生方法的选择要符合自身情况，这对于药膳食疗尤其应当注意。曾有一位患糖尿病多年的老年女性因为昏迷送来医院急诊，血糖仪显示血糖值过高已超过测量范围，医护人员立即抢救，最终却没有挽回患者生命。后来我们通过患者老伴了解到，该患者发现糖尿病已经 10 年多，原来口服药物治疗，血糖控制一直很好，最近一年来，血糖控制不好而且口服药物副作用大，医生嘱其改注射胰岛素治疗，几经调整，逐渐加大胰岛素剂量，但餐后血糖还是很高。入院前一个多月，一位中医给其开了一副茶疗方，患者坚持服用后，血糖控制下来，而且胰岛素的用量也减少了一些。由于感觉效果很好，入院前一周，患者自作主张不再用胰岛素，只坚持服用茶疗方，结果发生糖尿病高渗昏迷而死亡。

这样的事例，并不少见。因此我们提醒大家："食疗虽然有效，但不可盲目替代药物治疗"。首先，食物虽然也有性味的偏性而有纠正机体阴阳失衡的作用，但其偏性总不及药物明显，故单纯的食疗主要适用于病情较轻的疾病初期或恢复期，或慢性疾病的缓解期。其次，从中西医比较的角度而言，中医治疗的着眼点主要在于调理脏腑阴阳升降出入的气机，注重整体却局部针对性较差；西医则强调针对性的靶点治疗，在全身功能的整体调节方面又有所欠缺。二者配合，各施所长，往往能事半功倍。这正是上述患者配合茶疗后能以较小量胰岛素就将血糖控制好的原因。但如果盲目停药，必然导致病情的短期反弹。对于这种情况,正确的作法应该是,在两者配合的情况下,根据病情逐渐减少西药用量,通过一个缓慢的过程,力求将西药用量降到最低或者单纯用食疗控制恢复。

下面我们介绍膳食疗养处方,大家不妨参考着自己动手,制作点快乐美食。

益气类

莲子粉粥:莲子 25 克、糯米 50 克。将莲子去皮心研成粉,与粳米煮粥。每日 1~2 次。具有补中益肾、聪耳明目的功效。

参归炖母鸡:母鸡 1 只,人参 15 克、当归 15 克,葱白、生姜、黄酒、食盐各适量。母鸡去毛及内脏,冲洗干净,放入沙锅中;加清水、黄酒、葱白、生姜大火烧开,撇去污沫,改用小火炖至熟烂,再加入人参、当归、食盐,炖约 1 小时即可。具有益气养血、益精填髓的功效。

养血类

猪肝羹:猪肝 1 具、鸡蛋 3 个、葱白 1 根、食盐适量;猪肝洗净去筋膜,浸泡易水数次切成细丁,葱白切成段,以上两味原料放入豉汁中煮作羹,临熟,打入鸡蛋,待熟时即可食用。具有养血、补肝、明目的功效。

桑葚龙眼膏:桑葚 1000 克,龙眼 500 克,蜂蜜适量。将桑葚、龙眼洗净、放入锅内,加清水以小火煎煮至汁液黏稠时,调入蜂蜜,边搅拌、边小火熬,数分钟后即可,待冷装瓶备用。具有养血滋阴,补肝益肾的功效。

滋阴类

乌鸡羹:乌骨鸡 1 只,葱白、生姜、黄酒、食盐各适量。将乌鸡宰杀后用水冲洗干净,放入锅内;加入清水煮熟,取出,去掉骨,把鸡肉切成细丁备用;生姜、葱白切成细丁备用;将鸡肉、生姜、葱白、黄酒、食盐一起上小火慢煮作羹食。具有滋补阴血的功效。

银耳羹:干银耳 10 克,鸡蛋 1 个,冰糖适量。银耳用温水泡发,去除杂质,放入锅内,加清水,大火烧沸后转用小火,炖至银耳熟软时,加入鸡蛋、冰糖。每次 1 小碗,每日 1 次。具有补肺益肾,润燥止咳的功效。

助阳类

韭菜炒胡桃仁:韭菜 200 克,胡桃仁 50 克,香油、食盐适量。胡桃肉开水浸泡去皮,沥干备用;韭菜摘洗干净,切成寸段备用;香油倒入炒锅内,烧至七成热时,加入胡桃仁,炸至金黄色,再放入韭菜、食盐,翻炒至熟。具有补肾助阳,健脑益智的功效。

当归生姜羊肉汤:羊肉 500 克,当归 10 克,生姜 20 克,黄酒、食盐各适量。羊肉冲洗干净,切成小块,放入沙锅内,加黄酒、生姜、当归、清水,大火烧开,改用小火炖至羊肉熟烂,以食盐调味。分餐食用。具有温阳补虚,祛

5. 美食之乐

寒止痛的功效。

解表类

葱白芫荽汤:大葱半根、芫荽 20 克。把大葱、芫荽要洗净,大葱切成葱花,芫荽切成段备用。锅内放入清水,上火烧开,将葱花、芫荽段放入,翻滚片刻即可取下。具有发汗解表,宣肺通阳的功效。

姜糖苏叶饮:生姜 10 克、紫苏叶 15 克、冰糖适量。先把生姜洗净切成片备用;将生姜片、紫苏叶放入茶杯中,用开水冲泡,温浸 10～15 分钟即可饮用,以冰糖调味,代茶饮。或以两味原料如常法煎汤,一日两次。具有辛温解表,理气和胃的功效。

清热类

薏苡仁绿豆粥:薏苡仁 50 克、绿豆 5 克、粳米 100 克。将薏苡仁、绿豆、粳米洗净,放入锅中,加清水以大火烧开,再改用小火,煮至豆熟米烂即可。具有清热,解暑,化湿的功效。

五汁饮:梨 1000 克、鲜藕 500 克、鲜芦根 100 克、鲜麦冬 50 克、鲜荸荠 500 克。先把五种原料洗净,然后将芦根切成段,加水煎汤取汁;梨去皮核、荸荠去皮、鲜藕去节、麦冬切碎或剪碎,将处理过的后四味原料放入榨汁机内搅拌,取榨好的汁液倒入容器中,代茶饮。具有清热生津,甘寒润燥的功效。

温里类

胡椒煲猪肚:猪肚 1 个、胡椒、黄酒适量。将胡椒、食盐、黄酒放入洗净的猪肚内,然后用线缝好扎紧,慢火煲煮至熟烂。1 周制 1 次。具有健脾益胃,温中散寒的功效。

川椒面:川椒粉(花椒)5 克、面粉 200 克、淡豆豉 10 克。川椒粉与面粉拌匀,加适量清水,做成面条。锅中放入清水,烧开后,放入面条、淡豆豉、食盐,煮熟即可。具有温中散寒的功效。

行气类

葱炒佛手丝:佛手 2 个、葱 1 根、食盐适量。佛手洗净切成丝,葱切丝。锅内放入少量的油,烧热,放入佛手丝炒至将熟时,投入葱丝、食盐翻炒片刻即可,具有疏肝理气,调畅气机的功效。

香橼浆:鲜香橼 1～2 个、麦芽糖适量。将香橼切碎,放入带盖的碗中,加入等量的麦芽糖,隔水蒸数小时,以香橼烂为度。每服 1 匙,早晚各 1 次。具有行气开郁的功效。

止咳化痰类

杏仁炖雪梨:杏仁 10 克、雪梨 1 个、冰糖适量。取杏仁、雪梨放入盅内,隔水炖 1 小时,以冰糖调味,食雪梨饮汤。具有清热、化痰、平喘的功效。

雪羹汤:海蜇50克、荸荠4枚、食盐适量。海蜇用温水洗净,切成丝备用;荸荠去皮洗净,切成片备用。海蜇、荸荠放入锅中加清水以大火烧开,再改用小火,继续煮10分钟,以食盐调味即成。具有清热化痰,润肠通便的功效。

百合杏仁粥:鲜百合50克(干品15克)、杏仁(去皮尖)10克、粳米50克、冰糖适量。先将粳米煮熟,再将杏仁、百合放入,继续煮10分钟即可,以冰糖调味。具有润肺止咳的功效。

6. 同 房 之 乐

性行为是人类的一种本能,是人类生活中不可缺少的重要方面。故有人把性生活与物质生活、精神生活并列为人类三大生活内容,它不仅是人类种族得以繁衍和发展的基础,而且与人们的生活质量和健康水平息息相关。夫妻间正常的同房性生活本身是符合人类自身需要的乐事,可以说性是上天赐予人类的最美好的快乐。根据人类生命活动的规律及生理、心理特点,采取健康适度的性行为,或通过必要的保健方法,调节男女性事活动,具有和谐夫妻生活,强身健体,提高生活质量,祛病延年的作用。性行为是否得当,性生活的质量是否良好,不仅关系到个人的生殖健康,亦与家庭幸福和优生优育息息相关。

(1) 性爱保健,合必有则

我国古代医家和养生家以"合男女必有则"为基本观点,对男女性行为提出一系列原则和方法,至今看来,仍有指导意义。性生活保健,传统上称为房事养生,夫妻间的性行为称为行房、合房、交媾等。合房应讲究卫生,注意房事卫生是房事保健防病的重要措施之一,性生活前,夫妻双方都要用温水把外生殖器洗干净。临床资料表明,很多疾病,尤其是生殖系统感染性疾病与男女的不洁性交有直接关系,如妇科的感染性阴道炎、慢性宫颈炎、急慢性尿路感染、月经不调等。男科的急慢性前列腺炎、尿道滴虫、阳痿等。为此,男女双方都要养成讲卫生的良好习惯。这尤其对于预防新婚"蜜月病"很有意义。

性生活是男女婚后生活的重要内容,应予以科学合理的安排,以益于双方的身心健康,传统上概括为"合房有度"。所谓"有度",即根据年龄、体质、生活等不同情况,掌握房事频度,既无须过分抑制,更不要过度频繁。过分抑制性欲容易忧郁而生病,过度频繁则耗伤精血,均不利于健康。现代性医学对于夫妇的行房次数没有统一的标准和规定的限制。一般以房事后次日感到身心舒适、精力充沛、无疲劳感为原则。若行房后感到腰酸背痛、疲乏无力,说明房事过度,应注意及时调整节制。一般来讲,青壮年夫妇每周一至两次为正常,而老年人则重在颐养,以少为宜。

古代养生家很早就主张男女婚育不宜过早,应根据男女生长发育的自然规律选择最佳婚育年龄,并以此作为房事保健及强壮后代的重要措施,如《论语》提出:"少之时,血气未充,戒之在色"。认为青少年正处于身心发育的重要阶段,不可近欲。根据古人关于男女生长发育生殖功能盛衰规律论述并结合现代医学观点,女性婚育的最佳时期是 21～28 岁,男子婚育的最佳时期是 24～32 岁。此期间男女生殖功能最为旺盛,精子和卵子质量较高,难产率低,更利于下一代的健康。

当然婚育年龄也不宜过晚。一般认为,女子年龄最好不超过 30 岁,尤其不宜超过 35 岁。因为年龄过大则卵巢功能开始衰退,容易造成流产、死胎或畸形胎儿。此外,高龄产妇在分娩过程中易发生宫缩无力、产程延长、大出血等现象,难产率也增高。因此倡导男女适龄婚育无论对于优生优育,还是男女身心健康,都是非常重要的。

古人提倡适当独宿,以起到节制房事、蓄养精气的重要目的。独宿又称独卧,独卧的意义在于能使神清气定,耳目不染,易于控制情欲,有利于养生。特别是对于情欲旺盛的青壮年、正值经期孕期的女子、高年肾亏的老年人以及患有慢性疾病或病后康复期间的患者,适当改变既往夫妻同床的生活常规,分室颐养,以清心寡欲,养精固正,具有一定的养生意义。

人类的性行为虽然是一种本能的生理心理活动,但必须受到社会道德观念和法律规范的制约,也就是说,只有夫妻之间的性行为才合乎法律及伦理道德规范。恋爱中的青年男女应善于理性地把握感情的闸门,避免婚前性行为的发生。否则不仅给十分纯洁健康的爱情蒙上阴影,而且容易给双方带来沉重的心理压力。尤其会给女方的生理和心理造成很大的伤害,对青年一代身心健康十分不利。

值得注意的是,近年来,社会上受西方所谓的"性解放"、"性自由"等思潮的影响而出现了一些不正当的两性关系,为性传播疾病提供了孳生的温床。特别是世纪杀手艾滋病已在全球蔓延,给人类健康带来了极大的威胁。为此,每个成年人都应当自觉恪守对社会家庭的义务和责任,自尊自重,洁身自爱,自觉抵制不良的生活方式和行为,想要充分获得同房之乐,这一点是不可忽视的。

(2) 同房禁忌，必须遵从

所谓同房禁忌，即性生活禁忌，就是在某些情况下应禁止性生活。历代养生家都强调夫妻之间的性生活必须顺应天时地利人和，否则可损害健康，引起很多疾病。总结了大量性生活的禁忌，在此摘录下来，希望引起大家的注意：

环境不当禁同房 环境包括气候环境和地域环境。中医养生学十分强调人与自然的和谐。气候适宜，环境舒爽，人的心情舒畅，气血调和，有利于房事的和谐。反之，恶劣的气候、不良的地域，不仅影响男女双方的情绪，同时也破坏了机体的调节能力。违反"天时"与"地利"，不仅不利于双方身心健康，而且此时受孕，更不利于胎儿的孕育。因此，古代房中养生家告诫：凡遇日食、月食、雷电暴击、狂风大雨、奇寒异热等自然灾害以及不适当的地域环境均应禁同房。

酒后禁同房 酒味辛甘、性大热而走窜。适量微饮，可通行经脉，和畅气血。但饮酒过度，则灼伤胃肠，耗伤肾精。由于醉酒后往往行为失控，言语动作鲁莽，导致房事不能和谐，更有害于双方身心的健康。乙醇能损害精细胞和卵细胞，醉酒入房，对胎儿的影响更甚。若妇女酒后受孕或妊娠期饮酒，可使胎儿发育不良，甚至发生畸形、智力低下等严重后果。因此酒后应避免性生活。

情绪过激禁同房 性生活必须在双方精神愉悦、情投意合的状态下才能和谐美满，有益于健康。暴怒、大喜、惊恐、悲伤等偏激情绪，可使气机失调，阴阳失衡。此时夫妻同房，不仅有碍健康，如果受孕还影响胎儿的生长发育。

劳倦体虚禁同房 性生活是夫妻双方全身心的行为活动，必然要消耗一定的精力和体力。若劳倦过度、体力不支或大病初愈、元气未复的情况下，应静心休养，不应再同房耗精，否则对健康不利。

妇女"三期"禁忌 妇女三期是指女性的月经期、怀孕期和产褥期（即产后一百天，"坐月子"期）。经期同房，古称"撞红"，是自古以来房中之禁。中医认为"撞红"则损伤冲任，易引起痛经、月经不调、崩漏、闭经、不孕等多种妇科疾病。故妇女经期应绝对禁止房事。妇女怀孕期间，以保元固胎为要，房事生活必须谨慎从事，不可冒犯。尤其是妊娠前3个月内和后3个月内要禁止性生活，因为早期房事易引起流产，晚期房事易引起早产和感染，影响母子健康。妊娠中期亦须清心寡欲，以集中精血孕养胎儿。故怀孕期间，应善自珍摄，节制房事。妇女产后，百脉空虚，体质极弱，抵抗力下降,再加上子宫腔因胎盘剖离留下创伤,容易被病菌感染,此时需要长时间的调养,才能恢复元气,因此产后百日内应禁止房事。妇人产后调养期间,除戒房事,还应外避风寒,内调情志,并注意饮食调养,以便身体尽快恢复。另外,哺乳期也应节制房事,使母体气血充足,以保证婴幼儿的正常发育。

7. 沐 浴 之 乐

清代画家高桐轩总结的人生"十乐"中有一条就是沐浴之乐，常浴怡人，遍体清爽，活动经脉，有益身心，实乃一乐。要知道，并不是人人都能享受到沐浴之乐的，特别是在过去，能经常沐浴实在难得。宋代大诗人、大书法家黄庭坚，有一本《宜州家乘》，是他被贬到广西宜州时写的日记。在宜州僻远的山城，热且潮，不能不洗，但当时的日子太艰苦，他只有通过结识和尚而常到庙里去洗，在日记里多有"浴于崇宁"，就是到崇宁寺里洗澡。

图 5　快乐沐浴图

爱好鲁迅文学的朋友可能还记得，曾经有学者关于鲁迅日记里常记"濯足"而展开大讨论，猜测他老人家为什么记这等琐事。其实就是洗脚而已，鲁迅在他的日记里说能经常"濯足"的人，算是较富裕的，但一周也不过"濯足"一次，大约两周也才洗澡一次。现在人们总算能做到卫生而比较方便地沐浴，这本身就是值得高兴的事。事实上，沐浴早已不是清洁这么简单。从单纯的肌肤护理到追求身心放松，从花洒淋浴到泡浴缸，人们对沐浴的要求越来越高。忙碌的生活折腾得人们心身疲惫，回到家最渴望的就是能冲进浴室，洗去一身尘土，也洗去一身疲劳。广义的沐浴，不光是指用水来洗涤身体，它主要是利用水、日光、空气、泥沙以及药物等有形的或无形的天然物理因素来沐浴锻炼以防病健身,沐浴作为一种养生保健的措施,具有丰富的内容,让我们一起来了解其中的一些知识,从而能够在享受沐浴之乐的同时更好的养生防病。

(1) 水浴何其多

水浴既是人们日常生活中基本的洁身形式,也是重要的养生方法。其内容包括冷水浴、热水浴、蒸气浴、矿泉浴等。

冷水浴　冷水浴通常是指沐浴的水温低于 25℃,让沐浴者在此较寒冷的水中施行擦浴、淋浴身体的沐浴方法。

冷水浴的养生保健作用机理可分为三个阶段:第一阶段,皮肤接触冷水,外周毛细血管收缩,血液流向深层血管,皮肤颜色变白。第二阶段,外周血管扩张,内脏血液返流向体表血管,皮肤发红,此阶段持续的时间长短,与水温、气温、人体对寒冷的耐受能力等因素有关。第三阶段,外周血管再度收缩,皮肤苍白,口唇发紫,身体寒战,出现"鸡皮"现象。冷水浴应在出现第三阶段前结束,这样在冷水浴过程中,周身血管都可受到一缩一张的锻炼。因此,人们又把冷水浴称为"血管体操",它对增强体质,延年益寿,防治疾病有多方面的良好作用。

冷水浴的养生保健功能包括:①增强心血管系统功能,防止动脉硬化。长期坚持冷水浴锻炼,可增强血管的弹性和韧性,提高心肌的收缩和舒张功能。同时,又能减少胆固醇在血管壁沉积,有助于预防动脉硬化以及高血压、冠心病等症的发生。②增强中枢神经系统功能。当机体遇到冷水刺激,大脑立刻兴奋起来,调动全身各器官组织加强活动抵御寒冷。因此,长期坚持冷水浴锻炼,通过神经反射和大脑作用,可使中枢神经系统功能增强,减缓脑细胞的衰老和死亡。实践证明,冷水浴锻炼对神经衰弱、头痛、失眠都有良好防治作用。③增强呼吸系统功能,提高抗寒能力。人受到冷水刺激,会不由自主作深长呼吸,促进机体吸清排浊。同时,深长呼吸使腹压增大,呼吸肌作用加强,形成"呼吸体操",从而加强了呼吸器官的功能,以及人体对外界气温变化的适应能力,可预防感冒、扁桃体炎、支气管炎等疾病。④增强消化系统功能,增进食欲。冷水刺激一方面可增强胃肠蠕动,同时,身体为适应生理需要,则需多吸收营养,促进产热,从而使整个消化系统功能增强,增进食欲。⑤健美清洁肌肤。冷水浴不仅对皮肤起到清洁作用,在擦洗冲淋时,皮肤肌肉受到机械摩擦,可促进皮脂分泌,使之变得柔润光滑而富有弹性,皱纹减少,保持健美,也不易感染皮肤病。

冷水浴的方法是多样的,根据洗浴的部位和方式又分为冷水浴面、擦身、浸浴、冲淋、冬泳等。

冷水浴是一项很好的健身运动,四季老少皆宜,可根据个人身体不同条件,灵活掌握。但要遵守以下原则:①循序渐进:水温从温到凉,从温水开始(34～36℃),逐步下降至16～18℃,再至自来水自然温度,最后降至不低于4℃。这样循序渐进,以使身体有个逐渐适应过程。时间从夏末到冬,冷水浴应先从夏末开始,中间不要间断,一直坚持到冬天。部位从局部到全身,可先做面浴、足浴,然后再做擦浴,最后到淋浴、浸浴。②睡前不宜冷水浴:冷水浴健身宜在早上进行,以使浴后精神振奋,睡觉前不宜冷水浴,否则会刺激大脑过度兴奋,影响睡眠。③时间不宜太长:冷水浴的时间可因人而异,但每次不宜太长。淋浴最初不超过30秒,逐步延长,暖季不超过5分钟,寒季不超过2分钟。以浴后感到轻松舒适为度。④作好浴前准备:冷水浴前,一定要先做热身运动,可活动肢体关节,并用双手摩擦皮肤使身体发热后,再逐步进行水浴。⑤浴后擦干:先用湿毛巾,再用干浴巾迅速把身体擦干,直至皮肤发红、温暖,赶快穿衣,以免受凉。

提醒大家注意,以下情况和患者不宜进行冷水浴:①酒后、空腹、饱食、强劳动或剧烈运动后;②月经期和孕产期妇女;③严重心脏病、高血压、癫痫、胃炎等病患者;④开放性肺结核,病毒性肝炎及其他严重肝肺疾病患者;⑤急性、亚急性传染病、尚未康复者。

热水浴 广义的热水浴包括温水浴、热水浴、冷热水交替浴三种。一般水温在36～38℃之间者称温水浴;38℃以上者叫热水浴;热水浴与冷水浴交替施行则称为冷热水交替浴。

由于水温的作用,热水浴主要有以下保健功能:①清洁皮肤:热水浴比较容易清除皮肤上的油垢,保持汗腺、毛孔通畅,提高皮肤的代谢功能和抗病能力。实验证明,一次热水浴能清除皮肤上数千万亿个微生物。②活血通络:中医认为,"血气者,喜温而恶寒",温热的刺激加之冲洗时的水压和机械按摩作用,可有效地调节机体神经系统的兴奋性,扩张体表外周毛细血管,加速血液循环;促进新陈代谢,有利于代谢产物的排除;缓解肌肉紧张,减轻痉挛,从而增强机体的抵抗力和健康水平。③恢复疲劳:劳累了一天,临睡前洗上一次温水澡,会使机体得到彻底的放松,酣然入睡,恢复疲劳。④调节精神:入浴后,由于热水对机体的刺激作用,交感神经与副交感神经得到有效的调节,使人倍感精神振奋。

热水浴虽然是人们比较熟悉的日常生活内容,但从健身的要求来说,还应区别掌握以下方法:①温热水浴方法包括盆中洗、池内浸泡、淋浴等方式,可施行全身沐浴,也可用局部浴,如面浴、足浴,以及湿热敷裹等。②冷热水交替浴的方法:热水浴与冷水浴的交替合并使用,一般程序为先热后冷。先按上述热水浴方法沐浴,使毛孔扩张,皮脂污垢清除;再以冲淋法施冷水浴。

冲淋时,可按以下步骤进行:冲淋上肢→下肢→腰部→胸腹→背部→头顶。同时配合擦浴,转动肢体,以通体清爽、舒适为度。最后用干浴巾擦干全身,穿好衣服。③沐浴的水温可根据习惯和身体情况而定,一般要求温度要适体,不可太热,因水温太热则腠理开泄,蒸迫汗液,伤津耗气;如长时间在热水中浸泡,使全身体表血管扩张,心脑血流量减少,发生缺氧,易引发大脑贫血以至晕厥。④浴身的次数无统一标准,应根据具体情况来定。一般来说,皮脂腺分泌旺盛者可适当增加次数;瘦人可少一点;夏天每天至少洗一次;春秋季每周一次即可;冬季十天一次;强体力劳动后出汗较多,要随时洗澡;从事某种可能污染皮肤的作业时,下班后均应洗澡;老年人洗澡不要过频。

蒸汽浴 蒸汽浴是指在一间具有特殊结构的房屋里将蒸汽加热,人在弥漫的蒸汽里熏蒸的沐浴健身方法。

国外把蒸汽浴称作"桑拿浴"(sauna)。较著名的有芬兰浴、罗马浴、土耳其浴、俄罗斯浴、伊朗浴和日本浴等。根据浴室空气温度和相对湿度的差异,通常可概括为干热蒸汽浴和湿热蒸汽浴两种:干热蒸汽浴,浴室内气温较高,达80~110℃,相对湿度较低,约为20%~40%。如芬兰浴、罗马浴。湿热蒸汽浴,浴室气温为40~50℃,相对湿度较高,甚至可达100%,俄罗斯浴、日本浴属此类型。

标准蒸汽浴室除了加热产生蒸汽的设施以外,一般包括以下几部分:候浴厅、更衣室、淋浴室、木质结构的蒸汽浴室、含有冷水池的降温室、休息室、盥洗室等;条件好一些的蒸汽浴室还设有按摩室、人工日光浴室等。我国传统的蒸汽浴是一种将药物煎煮后再利用含有药物的水蒸气熏蒸体表,以达到祛病健身目的的养生方法,有关这一内容将在"药浴"中介绍。

蒸汽浴的施行方法和程序与一般沐浴不尽相同,大致分为以下几个步骤:①准备:就浴者脱衣后先进入淋浴室,在此用温水、肥皂洗净全身并擦干或用热风吹干。②入浴:进入蒸汽浴室后,根据个人体质及耐受程度,在浴室四壁不同高度的木栅板上平卧或就坐,可不断变换体位以均匀受热,一般历时7~15分钟。③降温:待全身发热后,走出蒸汽浴室,进入降温室,用14~20℃的冷水冲淋或浸泡2~3分钟,也可在户外利用冷空气降温,或在江河湖水中游泳。④反复:出浴后经过一定时间降温,在还未出现寒冷感觉时即擦干身体,休息10分钟后,再进入蒸汽浴室,停留一段时间后,又离开蒸汽室降温。如此反复升、降温2~5次。⑤蒸汽浴时的温度、湿度及蒸浴时间:应当根据个人具体情况来选定蒸汽温度、湿度和停留时间。健康人通常在干热蒸汽浴(气温80~90℃,气湿20%~40%)室内,平均耐受时间为17分钟左右;在湿热蒸汽浴(40~50℃,气湿80%~100%)室内,一次最多可停留19分钟。⑥降温时所用冷水温度及持续时间:应因人而异,原则上不要出现寒战或不适感。最好以温热水浴足结束沐浴。浴后休息半小时以上,同时喝些淡盐水或果汁补充体内水分和电解质。⑦就浴时间:每次就浴包括休息约需要 1.5～2.5 小时,一般每周一次。

矿泉浴 矿泉浴是指应用一定温度、压力和不同成分的矿泉水来沐浴健身的方法。矿泉水有冷热两种,通常冷泉作为饮用,热泉作为浴用。由于沐浴用的矿泉水具有一定的温度,故矿泉浴又称为温泉浴。

矿泉浴方法很多,较常用的方法有浸浴、直喷浴、运动浴三种:

浸浴是最常用的一种方法,可用盆浴或池浴进行。根据浸浴的部位,又分为半身浸浴和全身浸浴。

半身浸浴:浴者坐在浴池或浴盆里,上身背部用浴巾覆盖以免受冻,本浴法对人体具有兴奋、强壮和镇静作用,故又可以分为:①兴奋性半身浴,开始温度可由 38～39℃,随着机体的适应程度,每浴 1～2 次把矿泉水温度降低 0.5～1℃。在沐浴中用力摩擦皮肤同时向背部浇水,整个过程可持续 3～5 分钟,浴后擦干皮肤防止受冻。本法可用于健康者和健康状况较好的神经衰弱及抑郁症患者。②强壮性半身浴:此浴法与兴奋性半身浴相似,皮肤摩擦可不必强烈用力,水温可从 38～39℃开始,逐渐降低到 35～36℃。这种浴法适用于体质较弱或久病初愈恢复期的人。③镇静性半身浴:这种浴法的水温可从 38～39℃开始,随着治疗次数增加和个体的耐受性,把水温略降 2～3℃,沐浴时,安静地浸泡在矿泉水中 10～15 分钟,这种方法具有镇静作用,适用于神经兴奋性增高的人。

全身浸浴:沐浴者安静仰卧浸泡在浴盆或浴池里,水面不超过乳头水平,以免影响呼吸和心脏功能。全身浸浴根据水温不同又可分为下列几种:①凉水浸浴:水温在 33～36℃左右,8～10 分钟,这种浸浴有解热及强壮作用,常用于健康疗养锻炼。②温水浸浴:水温 37～38℃左右,15～20 分钟,或 30 分钟,这种浸浴具有镇静、催眠、缓解血管痉挛作用,对冠心病、高血压、关节炎等有良好保健作用。③热水浸浴:水温在 39～42℃,5～30 分钟,这种浴法对神经兴奋作用,能促进全身新陈代谢,但对心脏血管负担较大。这种热矿泉浴对皮肤病和关节炎等有较好效果,老年人和心血管功能不全者应用时须慎重,浴后要适当休息并补充饮料。

直喷浴设有专门设备,沐浴者立于距操纵台 2～3 米处,服务生持水枪,用 38～42℃的热水喷射全身或局部,每次 3～5 分钟,本法多用于治疗腰部疾患。

运动浴是浴者在类似游泳池的大浴池内,做各种医疗体操动作,如弯腰、行走、下蹲、举臂、抬腿等,每次 20～25 分钟,每日一次。本法多为康复功能锻炼用。

矿泉浴的应用应遵循以下原则:①矿泉的选择:由于矿泉所含化学成分差异较大,沐浴时对矿泉的选择应该有医生的指导,不能盲目使用,否则往往适得其反。例如硫磺泉对治疗皮肤病有效,但神经衰弱者浴后会加重失眠。②矿泉浴的温度:适宜温度为38~40℃,但因泉质和使用目的不同,其温度亦要有所区别,如碳酸泉、碱泉、硫化泉温度一般在37~38℃,或更低一点,否则温度偏高使有效气体挥发而失去应有的疗效。③矿泉浴的时间与疗程:一般矿泉浴每次15~20分钟,以浴后感觉舒适为度,如浴中脉搏超过120次/分,或浴后很疲倦,则应停浴。每个疗程为20~30次,可每日一次,亦可连续沐浴2~3次休息一日。两个疗程间应休息7~10天,不得连续沐浴,以免产生耐受性而影响效果。

(2) 药浴有特色

药浴是指在浴水中加入药物的煎汤或浸液,或直接用中药加水蒸汽沐浴全身或熏洗患病部位的祛病健身方法。药浴在我国的使用十分广泛,且具有悠久的历史。《黄帝内经》曰:"其有邪者,渍形以为汗",记载的就是用药物煎汤热浴取汗治疗外感病的药浴法。在我国古代民间一直流传盛行着用药物煎汤沐浴的习俗。如春节这天用五香汤(兰香、荆芥头、零陵香、白檀香、木香)沐浴,浴后令人遍体馨香,精神振奋;春季二月二日取枸杞煎汤沐浴,"令人肌肤光泽、不老不病";夏天用五枝汤(桂枝、槐枝、桃枝、柳枝、麻枝)洗浴,可疏风气、驱瘴毒、通血脉等等。当今,随着社会不断发展,物质生活日益丰富,在回归大自然的呼唤中,中医药浴作为传统的天然疗法和独特的健身方式,更加受到人们的喜爱和重视。

药浴形式多种多样,常用有浸浴(包括全身浸浴、局部浸浴)、熏蒸(包括全身熏蒸、局部熏蒸)、烫敷三种。全身浸浴和熏蒸多用于养生保健,局部浸浴、熏蒸和烫敷多用于治疗与康复。浸浴,是先将药物用纱布包好,加清水约10倍,浸泡20分钟,煎煮30分钟,滤取药液倒入浴水内,即可浸浴。一剂药可反复用2~3次,每次浸浴20分钟,每日一次。可全身浸浴也可局部泡洗。熏蒸,是先将药物置纱布袋中,放入加有清水的容器中煎煮,用煎煮时产生的热气熏蒸局部;或用蒸汽室作全身浴疗。以上浸浴与熏蒸也可以结合起来运用。通常趁药液温度高、蒸汽多时,先熏蒸后淋洗,当温度降至能浸浴(一般为37~42℃)时,再浸浴。烫敷,是将药物分别放入两个纱布袋中,上笼屉或蒸锅内蒸透,交替取出乘热置于身体局部表面烫贴,每次20~30分钟,每日1~2次,2~3周为一疗程。多用于治疗与康复,必要时加上按摩,效果更好。

药浴是中医特色养生保健方法之一,在这里我们向大家介绍一些常用的药浴处方,大家可以根据自己身体情况选择应用。

常见病的药浴保健 防治感冒的药浴法:①按 3～5 毫升/平方米算,取食醋置锅内,加入 2～3 倍的水,加热蒸发,使蒸汽弥漫空间,人在室内,每日一次,连续 3～5 天。亦可将食醋兑水置搪瓷杯内加热,用鼻呼吸其热气,每次 15 分钟,连续 2～3 次,用于防治感冒效果较佳。②葱白 60 克,生姜 9 克,共捣碎,用沸水冲入,蒸浴头面部,使微微汗出。亦可先将清水加热至沸,然后置入上述 3 倍量的药物,再用武火煎沸,趁热进行全身蒸汽浴,每日 1～2 次。较适宜于小儿感冒发热。

高血压的药浴法:夏枯草 30 克,桑叶 30 克,菊花 30 克,钩藤 20 克,煎水,沐浴 20 分钟。或每日晨起和晚睡前将药液加热入木桶内,加热水泡脚,每次 30 分钟。

失眠症的药浴法:肉桂 9 克,细辛 9 克,吴茱萸 12 克,远志 9 克,每日睡前煎水浸足,每次 30 分钟,以脚心感到发热为佳,浸洗后入睡。

风湿性关节炎、类风湿性关节炎的药浴法:①当归、川芎各 25 克,鸡血藤、赤芍各 35 克,防风、独活、续断、狗脊、巴戟天、牛膝、桂枝各 100 克,水煎,趁热浴身,使身体微微出汗,也可煎水熏蒸,每日 1 次,每次 5～10 分钟。用于慢性风寒湿性关节炎。②桑枝 500 克,海桐皮、忍冬藤各 60 克,稀莶草、海风藤,络石藤各 100 克,水煎,趁热浴身,或煎水熏蒸,每日 1 次。用于关节红肿热痛的急性期。③透骨草、寻骨风、老鹤草各 30 克,青蒿 20 克,乳香、没药、红花、独活、川牛膝各 10 克,煎水趁热泡足,每日 2 次。用于下肢关节痹痛。

预防足部冻伤的药浴法:①乌梅 100 克,水煎,待药液稍冷后洗脚。每次 15 分钟,每日 1～2 次。治疗期不要穿胶鞋和塑料鞋。②桂枝 15 克,干姜 15 克,附子 10 克,水煎趁热泡足,每次 15 分钟,每日 2 次。

慢性鼻炎的药浴法:黄芪 20 克,防风 15 克,苍耳子 15 克,川芎 15 克,白芷 10 克,辛夷 10 克,水煎,边煎边进行蒸汽浴(局部熏蒸为主),每次 30 分钟,每日 2 次。

脚气灰指甲的药液浸泡:露蜂房 30 克,大枫子、皂角、荆芥、防风、苦参、白藓皮、红花、地骨皮各 15 克,用醋 1500 毫升浸泡上药 3 天,取浸泡液浸泡患处,每日 1 次,每次 30 分钟。对脚气灰趾甲有一定疗效。但皮肤过敏者不宜使用。

美容护肤芳香浴 美容护肤性药浴使用的药物大多数具有芳香性,所以又称为芳香浴。芳香浴的浴剂,是用中草药配以适量高级混合香料或香水精制而成。选用的中草药大都是以芳香型植物为主,常用的有当归、川芎、白芷、藿香、丁香、佩兰、玉竹、冰片等，这些药物中含有挥发油和生物碱等抑菌杀菌物质。芳香浴是通过热透入法，使有益成分透入人体，起到芳香行散、开窍提神、活血化瘀、祛风止痛、杀菌护肤等医疗保健功能。下面介绍几种国内外民间常用的具有美容护肤作用的芳香浴。

健肤药浴：绿豆、百合、冰片各 10 克，滑石、白附子、白芷、白檀香、松香各 30 克，煎成药液，全身浸浴，有健美皮肤、滋养容颜的功效。

四季花浴：在我国古代民间流行四季花浴，即春取桃花，夏取荷花，秋取芙蓉花，冬取雪花为汤，频洗面部，有活血养颜、润肤祛皱作用，适用于各型皮肤的日常保健。在阿根廷等一些国家和地区也盛行"花水浴"，入浴前将花撒于水面，洗浴时用花瓣揉搓面部和躯体，既能洁身除垢，杀死细菌，还能芬芳滋润肌肤。

橘皮浴：橘皮不仅能芳香醒神、祛除疲劳，更有助于美容，当你烧水洗澡时，不妨放一些新鲜橘皮在水中，可使容颜和肌肤保持白润细腻。

柠檬浴：把柠檬片及皮放入浴水中，会使皮肤柔滑细嫩，更因其香味，使人感到馨香，解除一天的疲劳和紧张，尤其在夏季，效果更好。

茶浴：在台湾流行茶园中兼设有茶浴服务部，浴盆中放入优质茶供人沐浴。坚持茶浴可使皮肤变得光滑细嫩，对皮肤干燥的人，护肤效果尤佳。

盐醋浴：在浴水里加入少量的盐或几滴醋，能促进皮肤的新陈代谢，使其更富有弹性，用以洗发可以减少头屑，能使头发保持柔软光泽。

8. 美容之乐

爱美之心人皆有之，健康美丽的形体容貌既给人以美的感受，也给自己增添了自信，是心情愉悦的重要源泉。传统的美容健美之道，强调以健康为中心、自我调节、顺应自然，在驻颜美体的同时促进身心的健康，与现在外科整形、涂脂抹粉的美容有着根本的区别。我们极力向大家推荐传统的美容，希望大家能在享受美容带来的快乐的同时，享受到身体健康的快乐！

（1）养发之道

头发生长状况是健康与衰老的重要标志之一，中医学认为它反映了人的先天之本——"肾气"的盛与衰，而"肾"在人体生长、发育、衰老过程中起着决定性作用。

俗话说："人老先从头上老"。一般来说，从童年开始，头发越长越黑。50 岁左右，头发中的色素颗粒逐渐减少乃至消失，头发开始变白。头发变白常常先从颞部开始，逐渐扩展到其他部位的头发。老年人的头发不仅变白而且变细变脆，毛囊萎缩，容易脱落，这都与中医所说的"肾虚"有关。肾衰，精血不足，发失其所养，故变脆、变白、易落。因此，通过头发的变化，可以推测其衰老的程度。保养头发，可以采取下列具体措施。

首先是节制房事，保肾气。房劳过度则伤肾。过度的性生活会损伤肾精，进而导致肾气的损伤。节制性生活，可以保肾气而使头发生长正常。

其次，发宜常洗梳。头发要经常进行清洗，否则，空气中的灰尘、头皮皮脂腺分泌的油脂、饰发用品的残留物，再加上自然脱落的头屑，就会阻塞毛孔，产生异味、甚至细菌感染。同时还会影响毛发对营养的吸收，使头发易断、干枯、产生脱发现象。因此，日常洗发是保障头发健康的首要条件。但发不宜清洗过于频繁，以每周一两次为宜，且注意洗头时不要受风。发为血之余,常梳头能使气血流通,有利于白发返黑,推迟衰老,此外,还有助于降低血压预防脑出血。具体做法可如《昨非庵日纂》说的那样:"顺手摩发如栉之状,……使头不白。"这是一种以指代梳的按摩方法。可每日早、中、晚3次。由前到后,再由后到前,由左向右,再由右向左,如此循环往复,梳头数十次至百余次,但动作宜轻柔。另外,发不宜多洗,以10天1次为宜,且注意洗头时不要受风。

再者,避免不良情绪刺激。俗话说:"笑一笑,少一少;愁一愁,白了头"。不良情志的刺激,会影响毛发的荣枯。故须调摄七情,避免不良情绪刺激,特别是七情中的惊恐可伤肾,尤应注意。

另外,可以通过食养用药来养护头发。可常服胡桃,但应渐渐食之。初服1颗,每5日加1颗,至20颗为止,周而复始。常服令人食欲增加,皮肤细腻光润,须发黑泽,血脉通调,若用六味地黄丸与何首乌合服,具有防治发白、脱发的良好效果。如已头发花白、脱发、头发焦枯者,应服用延寿丹。清代大书画家董文敏说:"服此神明不衰,须发白而复黑。精力耗而复强。"延寿丹不仅可防治头发变白、脱发,还可以防治动脉硬化、冠心病、高血压。

(2) 养颜之道

这里主要是指颜面保健和颜面美,尽管美的方面很多,除心灵美外,颜面美大概是最重要的,不管是靓女,还是美男,无不希望具有一张漂亮的脸。要保持健康的皮肤,首先就是清洁皮肤上的污垢及美容化妆品的残留物,经常保持皮肤表面清洁,是肌肤光滑,润泽,永葆青春的基础。其次,情绪的好坏不仅会影响人体的生理功能,而且还会直接影响到人的肤色。现代社会竞争激烈,工作和生活节奏都很紧张,要想"冰肤玉肌"、"面若桃花",除了具备一定的物质生活条件和必要的美容措施之外,更重要的是具备调理情绪和心态的"内功"。从容面对喧嚣外界的各种诱惑,要善于释放心理压力,在日常生活中要保持乐观的情绪、豁达的胸怀,避免情志过激,消除不良情绪,保持平和的心态。所有这些都对预防面部早衰有重要意义。再者,可以通过一些中医特色方法保养颜面。

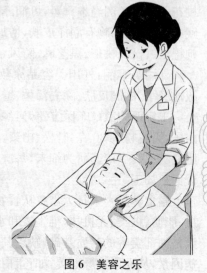

图6 美容之乐

8. 美容之乐

45

面部按摩 美颜按摩可分两类:一类是直接在面部进行的,即直接按摩美容法;另一类是通过按摩远离面部的经络而达到美容效果的,即间接按摩美容。按摩方法很多,现仅介绍一种传统按摩保健美容法。

彭祖浴面法(《千金翼方》):清晨起床用左右手摩擦耳朵,然后轻轻牵拉耳朵;再用手指摩擦头皮,梳理头发;最后把双手摩热,以热手擦面,从上向下 14 次。此法可使颜面气血流通,面有光泽,还可预防头痛。

中药养颜 祖国医药学中能够用于美容的中草药很多,如祛风药、散寒药、清热药、理气药、活血药、益气温阳药、养血滋阴药、增香添色药等。其中祛风美容中药最为常用,因为风邪是影响美容的主要邪气;由于血量充足对面部皮肤健美尤为关键,而血属阴,故养血滋阴中药亦常用;中医学认为,热邪具有炎上的特点,多侵袭头面部,热微则痒、热盛则痛、风湿热郁则生痤疮,从而严重影响美容,故清热祛风、清热除湿等清热中药也都很常用;增香添色类美容中药不仅香气袭人,受人喜爱,更具有辛香走窜之性,既能开毛窍,通经络,又能引药入里,通达气血,因而被大量选用。具有美容作用的方药很多,可分为内服美容方药和外用美容品两类。

内服美容方药:本方法又可分为两类。一类是通过内服中药,起到调整脏腑、气血、经络的功能,达到润肤、增白、除皱减皱、驻颜美容的目的;另一类是通过活血祛瘀、祛风散寒、清热解毒、消肿散结等法,治疗各种影响颜面美容的疾病。例如:

隋炀帝后宫面白散(《医心方》):橘皮 30 克,冬瓜仁 50 克,桃花 40 克,捣细为末即可,每次服用 2 克,每日 3 次。有燥湿化痰,活血益颜的功效。

还可适当饮用药酒,例如枸杞子酒(《延年方》),可补益肝肾、驻颜美容。桃花美容酒(《图经本草》),可润泽颜面,使人面如桃花。根据历代研究和实践,认为下述药物有润泽皮肤,增加皮肤弹性的作用,如白芷、白附子、玉竹、枸杞子、杏仁、桃仁、黑芝麻、防风、猪肤、桃花、辛夷等。

外用美容品:外用美容品涂敷于面部或洗面,通过皮肤局部吸收,达到疏通经络、滋润皮肤、除去污秽、增白除皱、防御外邪侵袭的目的。

玉容西施散(《东医宝鉴》):绿豆粉 60 克,白芷、白及、白蔹、白僵蚕、白附子、天花粉各 30 克,甘松、山柰、茅香各 15 克,零陵香、防风、藁本各 6 克,肥皂荚二锭。诸药研为细末,每次洗面用之,其作用是祛风润肤,通络香肌,令面色如玉。

膳食养颜 人每天需要从食物中获得所需要的各种营养素,包括蛋白质、脂肪、糖类、无机盐,维生素和水,还有一些微量元素和纤维素,这些营养素是面部美容的物质基础,缺乏其中任何一种物质或代谢失常,均可成为致病因素,从而影响颜面美,如:蛋白质不足,可致消瘦憔悴,皮肤粗糙,早生皱纹。适当的脂肪可以保持体型健美，增加皮肤弹性，推迟皱纹生成，使皮肤显得光亮丰腴。人体皮肤的总脂肪量大约占体重的 5%～10%，细腻的皮肤，白皙的颜面，高耸的胸脯，丰满的臀部，少了脂肪不行。维生素能调节血液和汗腺的代谢改变体液的酸碱度，从而使皮肤红润光泽。由于维生素大部分不能在人体内完成或合成量不足，必须依靠食物供给，在日常生活中，一定要注意选择一些富含维生素的食物，这样才能有利于皮肤的健美。中医古籍中记载有很多食品有美容作用，如芝麻、蜂蜜、香菇、人乳、牛乳、羊乳、海参、南瓜子、莲藕、冬瓜、樱桃、小麦等。饮食美容是在因人施膳的原则下进行的，对于肥胖多痰湿者，多饮茶，多食黄瓜、冬瓜等食物，可助减肥防胖；而桑葚、黑芝麻等对于须发早白者食之则有美容乌发之功。此外，还可进行食疗药膳美容保健。

美容粥：糯米、燕窝（干品）适量煮粥叫做燕窝粥，有润肺补脾，益颜美容之效。胡萝卜、粳米适量煮粥，有健胃补脾，润肤美容作用。薏苡仁、百合适量煮粥，可清热润燥，治疗面部扁平疣、痤疮、雀斑等。

阿胶美容羹：阿胶、核桃仁、黑芝麻、黄酒、冰糖加工制成羹，早晚服食，具有滋阴养血，美容驻颜之效。

（3）眼睛健美

"盈盈秋水，淡淡春山"是古人形容美人眼和眉的美言，可见眼和眉在人体美中的突出地位，作为能传情的眉眼，人们应该注意保护与美化。

注意用眼卫生 眼是直接暴露于外且长时间工作的器官，容易为外邪侵袭和疲劳耗伤，因此要注意用眼卫生。如：目不久视，目勿妄视，不长时间看电视；不要在光线暗弱或在动荡的车厢里看书；平时不要用脏手揉眼；每天清洁眼部分泌物等。

按摩养眼 通过眼部按摩可使双眼健美而炯炯有神，让人精神倍增、赏心悦目。尤其在当前眼疾不断增多的情况下，更有必要采取这种功法对眼睛进行保健。在此，举例介绍一套眼部按摩操：

运转眼球：端坐凝视，双眼先顺时针旋转 30 次，然后再向前凝视片刻，逆时针方向旋转 10 次，向前凝视片刻，最后双目轻闭，两手的食、中指轻轻抚摩同侧眼皮约 1～2 分钟。

按揉穴位：①两手拇指按揉晴明穴（两目内眦）约 30 次；②两手食指指端按揉同侧攒竹穴（眉毛内侧边缘凹陷处）3 次；③两手食指指腹着力按压在太阳穴（眉梢与目外眦之间的后侧凹陷处）上，有酸胀感后再按揉 30 次；④两手食指指端着力按压四白穴（眼眶下缘正中直下一横指处），有酸胀感时再按揉 30 次。

分刮眼眶：两手握拳，用食指近侧指间关节的桡侧缘紧压眼眶，做自内向外的刮动，分刮上下眼眶各 15 次，以出现酸胀感为宜。

分摩眼睑：微闭双眼，两手五指并拢，用中指和无名指指腹贴附在睛明穴，向外分抹至瞳子髎穴目外眦旁，重复 30～50 次。

上述方法可每日早晚各做 1 次，也可在用眼疲劳时做 1 次。上述健美按摩法，清脑明目、增加视力、消除眼疲劳、预防皱纹，健美双眼。经现代医学研究已经证实，按摩眼周可改善眼周围组织的血液循环，调节视觉神经和动眼神经的功能，并能使眼肌疲劳得到缓解，还能延缓眼睑皮肤下垂和眼周皱纹的出现。本功法对近视、远视、散光、斜视、眼底病等均有防治作用。但在眼睛患急性炎症时不宜按摩；由于眼区比较敏感，手法宜轻柔，按揉时以酸胀感为度，不可用力过猛。此外，每次操作前均应洗手，并清洁眼周。也可配合使用美容营养霜等化妆品，先涂于眼周再做手法，更增加效果。

（4）鼻部健美

鼻是呼吸道的门户。《内经》指出："肺气通于鼻。"从鼻的作用来看，鼻是呼吸道的出入口，又是防止致病微生物、灰尘、污垢等侵入的第一道防线。鼻腔内有鼻毛，又有黏液，故鼻内常有很多细菌、污垢，有时会成为播散细菌的源头。因此，做好鼻的保健，十分重要。

卫生保健　鼻是防止细菌、灰尘等物侵入的第一道防线。鼻腔内有鼻毛、又有黏液，可过滤灰尘，黏着细菌。因此，鼻内常有很多细菌、脏物，有时会成为播散病菌的源头。如此看来，鼻的卫生保健对人体健美是非常重要的。

不挖鼻孔：因为挖鼻孔很容易将手指上的细菌感染到鼻黏膜上，引起黏膜发炎或长出小疖子；若触及"易出血区"，会使毛细血管破裂而致鼻出血。

不拔鼻毛：有人认为鼻毛过长，影响仪容，于是索性连根拔掉或剪得过短，这样就使鼻毛起不到阻挡灰尘、捕捉细菌的作用。

不随便冲洗：随便冲洗鼻孔内的脏物或灰尘，不但容易损伤鼻黏膜，还可把细菌呛入鼻咽管，引起咽部或中耳疾病；若鼻腔有脏物，可用手绢或卫生纸衬垫，轻轻擤出。

注意保湿：房间空气要新鲜，打扫卫生时，可采取湿式作业，喷水除尘等方法；饮食上，热饮热菜有利于鼻的保健，既可提高湿度，又可暖和身体。

方药美鼻

润鼻汤（民间验方）

组成：天冬 9 克，黑芝麻 15 克，南沙参 9 克，麦冬 9 克，黄精 9 克，玉竹 9

克,生地黄9克,川贝母9克。

功效:滋润护鼻,对鼻部色泽异常有治疗作用。本方黄精,芝麻养脾,天冬、沙参、麦冬、玉竹、生地、贝母润肺,共奏养脾润肺之效,故对鼻部健美有效。

制剂和用法:水煎湿用,每日1剂,分早、晚2次服,同时可另用山药,苡仁各9克,研末炒至微黄,用红糖调服,与汤药各隔1日服用,可避免大便稀溏。

健鼻汤(经验方)

组成:苍耳子27克,蝉衣6克,防风9克,白蒺藜9克,玉竹9克,炙甘草5克,薏苡仁12克,百合9克。

功效:御风健鼻,能使鼻部肤色明润有光泽,防止鼻部疾患发生,维持其正常生理功能,对经常伤风流涕者,能起到预防保健作用。方中防风,可抵御风邪侵袭;甘草、薏苡仁,可健脾以生卫气;玉竹、百合诸药,可共奏润肺健脾之效。

制剂和用法:加水300毫升,水开后文火煎20分钟,取汁服,每日1剂,日3服。

按摩健鼻 鼻的保健按摩分拉鼻、擦鼻、摩鼻尖和"印堂"按摩,可增强鼻部的血液流通,使鼻的外部皮肤润泽、光亮,还能养肺,预防感冒,防治各种鼻炎。

拉鼻:用拇指和食指夹住鼻根两侧,用力向下拉,连拉16次。

擦鼻:用两手鱼际相互摩擦至热后,按鼻两侧,顺鼻根至迎香穴(鼻翼旁开1厘米皱纹中),上下往返摩擦24次。

刮鼻:用手指刮鼻梁,从上向下36次。

摩鼻尖:分别用两手手指摩擦鼻尖各36次。

"印堂"按摩:即用中指和食指、无名指的指腹点按"印堂"穴(在两眉中间)16次,也可用两手中指,一左一右交替按摩"印堂"穴位。通过按摩,可增强鼻黏膜上皮细胞的增生能力,并能刺激嗅觉细胞,使嗅觉灵敏。

(5) 牙齿健美

有一口洁白健康的牙齿是美丽的风景线,做好口腔卫生保健,不仅可以预防口腔和牙齿的疾病,而且可以有效地防治多种全身性疾病。

日常保健 牙齿保健应从幼儿开始,从小养成良好的口腔卫生习惯,对健康长寿将是十分有益的。我国古代养生家对此十分重视,早就提出:"百物养生,莫先口齿"的主张,据考证,在1000多年前的辽代,就开始使用牙刷刷牙了。现代调查研究发现,镶配的假牙不能完全取代自然牙齿的作用,绝大多数长寿老人,口腔中都有一定数量的自然牙齿。可见,保持良好的卫生习惯,重视固齿保健是一项重要的任务。

日常口腔牙齿的保健主要应注意:①注意口腔清洁卫生,预防龋齿、牙周炎等疾病。②少吃零食,尤其是甜品类。③每次进食后用清水漱口,不剔牙。④用"竖式"刷牙法,不用"横刷"。每次刷牙后上下牙轻叩十数次。⑤若牙发黄、发暗、有牙垢,每次刷牙时在牙膏上滴两滴醋再刷(刷后马上漱口)。坚持一段儿时间,可祛除牙釉质上的污垢,使牙齿洁白,鲜亮有光泽。⑥正确咀嚼:咀嚼食物应双侧,或两侧交替使用牙齿,不宜只习惯于单侧牙齿咀嚼。使用单侧牙齿的弊端有三:一是使用的一侧,因负担过重而易造成牙本质过敏或牙髓炎;二是不使用的一侧易发生牙龈废用性萎缩而致牙病;三是往往引起面容不端正。

另外,还可以常做口腔保健操。

叩齿:两手掌心紧贴两耳,分前后牙两组叩齿,各叩120次,牙齿时上时下抖动。

咽津:频频鼓动两腮,漱津,待满口津液后,分3次咽下。

鸣天鼓:两手掌心紧贴两耳,食指分弹风池穴(头额后面大筋的两旁与耳垂平行处)36次左右。又掌心紧贴耳孔,一压一放,每次20下,有按摩鼓膜的作用,通过这样的健身操,能增强心肾功能,使耳聪齿固。

饮食健齿　口腔、牙齿患病与营养不平衡有一定关系。因此营养要合理,应适当多吃些含维生素C、维生素A、维生素D较丰富的新鲜蔬菜、水果、动物肝、肾、蛋黄及牛奶等。多摄入牙齿发育所需营养素的食物,例如,核桃、梨、芹菜、乳酪、绿茶、洋葱、香菇、薄荷、枸杞子、大枣、蜂蜜等来保护牙齿,可防治牙周病。妊娠期、哺乳期的妇女,及婴幼儿和儿童尤应注意适当补充这类食品,保证牙釉质的发育。

方药美牙　药物美齿是中国古代就很重视的方法。如:清代宫廷中固齿秘方,其方药为:生大黄、熟大黄、生石膏、熟生膏、骨碎补、杜仲、青盐、食盐各30克,明矾、枯矾、当归各15克。研成细末,做牙粉使用,可健齿、固齿,直至古稀之年,牙不易脱落,对胃热牙痛,尤为适用。

固齿补肾散:当归(酒浸)、川芎、荆芥穗、香附末、白芍药、枸杞子、熟地黄各75克,川牛膝(去芦,酒浸)60克,细辛9克,补骨脂45克,升麻15克,青盐9克。上药研为末,用老米500克,煮饭和成丸,阴干,入瓦砂罐封固,炭火或柴火烧成灰存性,研为末,用铝盒盛之,晨以药粉擦牙,然后温水漱咽,服下。可补益精血,祛风清热,固齿乌发。

杜仲杞鹌汤:鹌鹑1只,枸杞子30克,杜仲15克。三味水煎取汁,饮汤食鹌。可补肝肾、强筋骨、强腰膝,适用于肝肾不足之牙齿不坚、腰膝酸软。

（6）口唇健美

保护嘴唇,首先要注意清洁。饭后要漱口、净嘴;平时要多饮水,保持嘴唇湿润;有的人嘴唇常干裂,特别是在多风干燥的季节,要擦润唇膏保持滋润,切不可用舌舔嘴唇。习惯舔嘴唇是一种坏习惯,舔唇不仅不卫生,而且容易引发剥脱性唇炎,使嘴唇特别是下唇出现红肿、糜烂和结痂。痂皮像鱼鳞一样,一片片地翘起,露出鲜红嫩肉,然后又长出新的皮痂,如此反复,结果炎症加重,以至数月、数年不愈。所以,一定要克服舔嘴唇的坏习惯。嘴唇发干时,只能用清水洗浸一下,再涂一层护唇膏或香油来滋润。

（7）乳房健美

隆起的乳房是女性的第二性征。在女性的一生中,乳房起了相当重要的作用。一对丰满坚挺的乳房是形成女性良好身体曲线美的重要因素,它功能的健全,是哺育下一代的基础。因此,许多诗人赋予它"生命之泉"、"美和爱的精灵"等美称,美丽的乳房形态不仅从女性本身讲可产生自尊,自信和骄傲,而且有利于女性在生活、工作和学习中形成良好的心理状态。

膳食丰乳 一般来说,乳房的大小和体态胖瘦基本相称。胖人乳房中脂肪积聚较多,所以乳房大些;瘦人乳房中脂肪积聚相应减少,故乳房小些。乳房发育不够丰满的青年女性,应多吃一些发热量高的膳食,促进营养在体内的积蓄,使瘦弱的身体丰满,同时乳房也由于脂肪的积蓄而变得挺耸与富有弹性美。例如:

豆浆炖羊肉:淮山药 150 克、羊肉 500 克、豆浆 500 克,油、盐、姜适量,炖 2 小时,每周吃 2 次。

海带炆鲤鱼:海带 200 克、猪蹄一只、花生 150 克、鲤鱼 500 克,葱、姜、油、盐、酒各少许。先用姜、葱煎鲤鱼,熟后放入配料慢炖即可。

荔枝粥:荔枝干 15 枚去壳取肉、莲子、淮山各 150 克,瘦肉 250 克,同煮粥,每周吃 2 次。

为了促进青春期乳房的发育,还可以适当吃一些能促使激素分泌的食物,如维生素 E、维生素 B,蛋白质、亚麻油酸等。现代美容学认为,微量元素锌和铬有丰乳隆胸的作用。锌元素对促进人体的生长发育,特别是乳房的发育和性功能起着催化作用;铬在人体内是使胰岛素起作用的一种重要元素,又能使葡萄糖因子起活性作用。葡萄糖因子和胰岛素两者的联合作用,可促进葡萄糖的吸收并促其转化为脂肪,从而使乳房、臀部丰满起来。

含锌和铬较多的食物主要有瘦肉、肉皮、蛋类、及牛奶等富含优质蛋白的食品。下面介绍几种常用的具有健胸作用的食物。

芦笋:富含刺激女性激素分泌的化合物——类固醇多糖体。

斑节虾:含丰富的矿物质和促进女性激素分泌的化合物。

胡萝卜:防止胸部韧带松弛下垂。

蛤蜊:富含锌和铜等多种矿物质,有助于胸部脂肪细胞的发育。

花生:富含多元不饱和脂肪酸,可促进胸部丰满。

猪蹄:富含胶原蛋白质,可促进女性激素的分泌。

蛏子:含大量的矿物质和蛋白质,有助于乳房坚实丰满。

女性胸功丰乳 此胸功来源于"舒筋活络八段功",通过左右开弓扩胸肩,增大肺活量,扩充肺腔,增强胸肌、背阔肌、三角肌,锻炼肩、肘、胸、锁骨各部关节,同时也能补心益脾,使气血充盈流畅,新陈代谢逐渐旺盛,同时,有一定丰乳作用。其动作如下:

屈膝半蹲,成骑马步,两臂胸前平屈,肘低于腕,腕比肩稍低,两手松握拳,拳心向下,拳面相对,相距 5～10 厘米,眼向前平视。

两臂用肘尖弧形地向身后扩张与冲击,随即利用肩筋的弹性,任其弹回,还原成第一节动作。

两脚跟碾地,向左转体 90 度成左弓步,两拳变掌,两臂向前平举,掌心转向上,向两侧摆振,随后还原成第一节动作。

本动作与第二、三节相同,但左右方向相反。

以上动作,左右交替各做 8 次。

木梳健乳 每天用木梳梳乳房,既能保持乳房的健美,又可防病治病。临床实践表明,木梳梳乳能促使乳部血液循环加速,具有增强乳腺分泌和排泄潴积乳汁之功能,对产后缺乳、积乳、乳痛以及乳腺小叶增生等疾病,均有治疗的积极作用。梳乳时若能先热敷或用药物煎汤外洗,效果更好。如治疗乳络不通、局部肿痛,即乳腺炎初发症状,可用赤芍 20 克,蒲公英、夏枯草各 30 克,水煎外洗并进行湿热敷。然后一手托起乳房,一手持木梳由乳房四周向乳头方向轻轻梳去,每次 10 分钟左右,同时再轻揪乳头数次,可扩张乳头部乳腺管。治疗产后缺乳,则可用大葱 30 克加水煎煮,取药液洗乳房,然后轻梳乳房约 10 分钟,再用梳背按摩乳房 10 余次。每天如此 3 次,便可使乳汁分泌畅通。

(8) 手部健美

人类与动物的最大区别就是有灵巧的双手。在社交活动中,双手待人接物,是人整体美的重要部分。双手暴露在外,每天接触多种物品,最易受到污染和伤害。保持双手皮肤的完整、清洁,不仅对于外形美,而且对于我们日常生活工作都是很重要的。

日常保健 劳作时频繁摩擦,易致结缔组织中胶原纤维老化,形成胼胝,影响手部肌肤的营养代谢,所以要注意科学用手,减少胼胝。

由于上肢暴露的部分,每天都得承受紫外线的照射,过度曝晒使得手部肌肤失去水分的滋养,以致肤色加深,产生皱纹,严重影响手部的健康和外观,因此应避免日晒过度。

常暴露于外界的手部,容易受到细菌及污垢的感染,因此应勤洗双手,保持清洁卫生。洗手的同时应重视对手的滋养,除了日晒可影响手的濡养,水质、肥皂及清洁用品的选择,也都非常重要。如:经常使用清洁用品,会使手部肌肤失去油脂及保湿能力,肌肤保湿因子也会自然地流失;长期使用碱性肥皂,会使表皮底层的角质蛋白质膨胀并除去更多的保护油脂,使手部显得更干燥。

洗手后可擦些甘油、护手霜之类的润肤化妆品,这样能及时补充洗手时所失去的皮肤油脂;若洗手后发现皮肤较黑,可用好醋搓洗双手,可使双手白皙、红嫩;若洗手后发现皮肤粗糙,可用黄瓜、西红柿等水果蔬菜敷手或洗手,改善皮肤粗糙现象。

方药美手 采用药物方法,保护手部皮肤,可使其滋润滑嫩、洁白红润。下举二方:

千金手膏方(《千金翼方》):桃仁、杏仁各 20 枚(去皮尖),橘核 30 枚,赤芍 10 枚,辛夷仁、川芎、当归各一两,大枣 30 枚,牛脑、羊脑、狗脑各二两。诸药加工制成膏,洗手后,涂在手上擦匀。本品有光润皮肤、护手防皱之效。

太平手膏方(《太平圣惠方》):瓜蒌瓤二两,杏仁一两,蜂蜜适量。制作成膏,每夜睡前涂手。本品防止手部皲裂,使皮肤白净柔嫩,富有弹性。

(9) 腰腹健美

人们常描述漂亮的人腰身好,腰腹部是影响人体外形的重要因素。同时中医认为腰部的健康是肾脏健康的表现,腹部的健康与否更与多脏腑相关,现代医学也认为腹围的大小是健康正常与否的重要标志。因此腰腹部的健美十分重要。

正确用腰 在搬、抬重物时,应将两足分开与肩等宽,屈膝,腹肌用力,再托运物体。此时大腿和小腿的肌肉同时用力,分散了腰部承受的力量。在膝关节伸直状态下,从地上搬取重物,腰部承受的压力可增加 40%,极易损伤腰部的韧带、肌肉和椎间盘。搬物时不要弯腰,而应屈膝,要保持腰部正常直立位置时的曲度,避免力量集中在腰部。如物体太重,不可强行用力。

直立挺直的姿势对腰椎关节是最好的,弯腰时,对腰部组织的负担均有不同程度的加重,长时间弯腰可致腰肌劳损,继而发展为脊柱的劳损退变。因此在日常生活中尽量保持背部挺直,避免长时间弯腰工作,以减轻腰部的负担。

运动健腰 俯仰健腰法:取站立姿势,吸气时,两手从体前上举,手心向下,一直举到头上方,手指尖朝上;呼气时,弯腰两手触地或脚。如此连续做8～32次。

旋腰转脊法:取站立姿势,两手上举至头两侧与肩同宽,拇指与眉同高,手心相对,吸气时,上体由左向右扭转,头也随着向右后方扭动;呼气时,由右向左扭动,一呼一吸为1次,可连续做8～32次。

仰卧、俯卧训练:取仰卧位,双脚、双肘和头部五点支撑于床上,将腰、背、臀和下肢用力挺起稍离开床面,坚持到疲劳时,再恢复平静的仰卧休息。然后取俯卧位,将双臂伸直平放于身体两侧,用力将头、胸部和双腿(伸直不能屈曲)挺起离开床面,使身体呈反弓形,坚持至稍感疲劳为止。如此两法反复进行10分钟,每天早晚各锻炼1次。

腰部按摩 两手搓热,以两手掌面紧贴腰部脊柱两旁,直线往返摩擦腰部两侧,一上一下为一遍,连做10遍,使腰部有热感。每天摩擦腰部,具有行气活血、温经散寒、壮腰益肾等作用。

腹部要保暖 除日常注意腹部的保暖外,年老和体弱者可用"兜肚"或"肚束"保健。

兜肚:将艾叶捶软铺匀,盖上丝绵(或棉花),装入双层肚兜内。将兜系于腹部即可。

肚束:又称为"腰彩"。即为宽约七八寸的布系于腰腹部。此法前护腹,旁护腰,后护命门。

兜肚和肚束均可配以有温暖作用的药末装入其中,以加强温暖腹部的作用。

腹部保健按摩 腹部按摩不仅起到局部治疗作用,而且对全身组织、器官功能起着调节作用。

具体做法是:先搓热双手,然后双手相重叠,置于腹部,用掌心绕脐沿顺时针方向由小到大转摩36周,再逆时针方向由大到小绕脐摩36周,立、卧均可。饭后、临睡前均可进行。它可健脾胃、助消化,并有安眠和防治胃肠疾病的作用。

（10）脚的健美

在自然界，人体是最完备、最协调、最富有生机和力量的整体。双脚的美化是女性风采的重要点缀。夏日到来之时，脚部皮肤的弹性和柔软度，不仅可以显示出美，还可以体现出成熟女性的文化素养和气质。所以在日常生活中，对脚的精心养护和美化是不可缺少的。

日常护理　首先是要泡洗。洗足可以通经活络、固肾益精，促进血液循环，使足部血液通畅，有助于消除疲劳，对心肾及睡眠都有好处，同时，还可以防治疾病。方法是：临睡前用温水 40℃左右，连洗带泡。洗澡时用手不断地摩擦双脚，每次大约 20 分钟，洗后擦干；或用冷热水足浴，即先将双脚浸入烫水之中约 2～3 分钟，再浸入凉水中 2～3 分钟，这样交替泡 3～5 次就可以疏通血脉，消除疲劳，振奋精神。

其次是宜保暖。"寒从足起"，是我国流传已久的民间卫生谚语。因此，注意脚的保暖是非常必要的。现代医学研究认为，脚掌远离心脏，血液供应少，表面脂肪薄，保温力差，而且与上呼吸道，尤其是鼻黏膜有着密切的神经联系。所以，脚部受寒，可以反射性地引起上呼吸道局部温度下降而抵抗力减弱。在日常生活中，有些人只注意上身保暖，而忽视脚部保暖，常易患伤风感冒，就是这个道理。

消除脚毛的方法　有人认为脚的体毛有碍美观，但不正确的去毛方法容易损伤皮肤，引发感染，因此祛除体毛须特别慎重。可首先在将要脱毛的部位洗净后擦上乳液；然后把蜡涂在上面，使用竹片从体毛的逆方向划一个长 7～8 厘米，宽 5～6 厘米的椭圆形，以迅速的动作涂抹，等到凝固一半的时候，就开始剥离，进行脱毛工作；脱毛后，须涂上具有杀菌作用的乳脂，作为清毒之用。

9. 交际之乐

人具有社会属性，任何个体都必须通过人际交往和其他个体发生联系，形成各种人类群体，并由此组成复杂的人类社会。所以《荀子·富国》说："人之生，不能无群。"交际就是通过人与人之间的往来接触，以沟通信息、传达思想、表达感情，满足需要的交流过程，是人与人之间的一种社会活动。交际是人的本能需求，也是快乐的源泉。

图7 交际之乐

自古以来，人们就向往和追求人际间的交流和友谊。人们在社会交往中，相互沟通，相互学习，相互合作，相互促进，不断地完善自己，并由此获得了友谊和情感上的充实，使身心愉悦，满足了高层次的心理需求。人际交往作为人生的重要内容，与人们的身心健康密切相关，是人们养生延年不可缺少的行为活动。

（1）快乐交际促健康

人都有爱和归宿的心理需求。人们通过彼此之间的交往，诉说各自的喜怒哀乐，产生亲密感和相互依恋之情，从而减少痛苦和忧愁，使心理达到平衡愉悦。培根有一句名言："如果你把快乐告诉一个朋友，你将得到两个快乐；而你如果把忧愁向一个朋友倾诉，你将被分掉一半的忧愁。"大量事实表明，加强人际交往，建立和谐的人际关系，培养个人的情感支持体系，对于调节心理平衡、趋利避害，提高生活质量，意义十分重大。

孤独是一种不良的情感体验，表现为自我感觉无依无靠和凄凉消极的心理状态。孤独感的产生与人类亲和的心理需求得不到满足有关。人们总是希望自己生活在一个充满支持的群体之中，使自己获得心理上的安全感和舒适感。如果亲和的心理需求得不到满足，感到自己脱离了社会群体，于是就会感到孤独，尤其在老年人中容易产生。消除孤独最有效的方法就是走出封闭，广交朋友，参加各种有益的社会活动，在人际交往中感受人与人之间的融融真情和温暖。这样有害身心健康的孤独感自然就会荡然无存。

精神心理障碍是危害人类身心健康的常见病症，表现为各种情绪、情感的偏激失常，如抑郁、焦虑、恐惧等，还包括神经衰弱、癔症、强迫症、疑病症等。主要是由不健全的个性和心理社会因素共同作用而产生的。缺乏良好的人际交往，采用孤独的生存状态是导致精神心理障碍的重要的原因。人际交往具有优化个性和优化自我意识的功能，人们在与具有良好性格的人的交往中，能够"以人为镜"，取长补短，不断调整自我，完善自我，使自己能够获得豁达开朗健全的人格取向，从而可以减少各种精神心理障碍的发生。因此广交知心朋友，加强人际沟通，积极融入社会之中，培养健全的个性，使自己成为社会适应良好的人，是预防各种精神心理障碍的重要措施。

随着时代的进步，现代人在获得充分的物质需求的基础上，人们渴望更高层次的心理需要得到满足。通过人际交往，人们相互关怀、相互体贴，满足自己归宿和爱的需要。在社会生活中，人们通过自身努力获得成功，受到别人的尊重和赞扬，从中体现自身价值，满足自我实现的心理需要。由于心理得到满足，自然心情舒畅、情绪稳定、乐观向上，有助于身心健康。现实生活中，那些善于与人交往并且有着良好人际关系的人，更能体会生活的乐趣，更富有幸福感，且显示出旺盛的活力，故能得以长寿。

（2）快乐交际的原则

要做到快乐交际，在人际交往中必须遵循以下原则：

要做到诚实守信。诚实是人际交往中建立和发展友谊的基础，与人交往，必须是以诚相见，以心换心。只有心地坦诚，表里一致，推心置腹，肝胆相照，才能赢得别人的信任。如果与人交往，总带有个人目的，说话办事遮遮掩掩，喜欢耍滑头，卖弄小聪明，最终将会失去自己的人格而导致众叛亲离，遭人唾弃，何来快乐？守信就是要讲信用，遵守诺言。中华民族历来强调守信，所谓"言必信，行必果"、"一诺千金，一言既系"、"一言既出，驷马难追"等传统格言，强调的都是一个"信"字。现代社会，守信的原则更加重要。无论公务交往，个人交往，商务交往都必须讲信用。

要尊重平等。尊重他人包括尊重他人的人格，尊重他人的意见，尊重他

9.交际之乐

57

人的正当权利,尊重他人的劳动成果等。人际交往中必须要尊重对方,讲文明,有礼貌,只有尊重他人,才能获得他人的尊重,才会获得快乐。平等原则主要是指在人际交往中双方应该是人格平等、态度平等、交往平等、礼仪平等。而人格平等则是人际交往的前提。就是要尊重对方的自尊心和感情,不干涉他人的私生活,不盛气凌人,不高人一等,这样才有可能形成人际之间的心理相容,使双方产生愉悦满足的心境,从而建立和谐的人际关系。

应宽容大度,相互理解。人际交往中难免有令人不快的小摩擦,应求同存异,不必求全责备。与人交往应心胸宽广,气度恢弘,能容人之短,不计小过。即使被他人误解,也能谅解对方,不必耿耿于怀。只有宽宏大度,才能团结更多的人,赢得更多的朋友。孟子说:"人之相识,贵在相知;人之相知,贵在知心。"人际交往必须建立在相互理解的基础上,只有相互理解,才能心心相印,相互关爱。相互理解就是要善于"心理换位",站在对方的角度,设身处地为他人着想。相互理解是缓解人际冲突,消除误会,和谐人际氛围的重要法宝。如此相处,彼此才能长久地和睦快乐。

坚持互利互惠。人际交往应考虑双方的共同利益,满足共同的心理需要,使交往双方都得到益处,实现"双赢"。相互报偿、相互满足是人际交往活动的基本动机,只有满足双方的需求,才能使人际交往活动健康快乐、正常发展。贯彻互利互惠原则应注意到:把握互利尺度,处理好利己与利他的关系,在考虑个人心理需求的同时,更应强调奉献精神,多为他人着想,才能获得友谊。互利互惠不只是物质的交换,更重要的是精神情感的相互交流,相互满足,因此不能与"商品交换"简单等同。

掌握适度,以和为贵。所谓适度,就是在人际交往中行为举止要得体,说话要有分寸,亲疏距离要恰当。例如幽默在人际交往中具有很好的作用,但幽默必须要适度,如果不分场合和对象,往往易使人产生被讥讽、被戏谑之感,被认为是轻浮、不庄重的表现。又如谦虚本是一种美德,但谦虚过分,就有虚伪之嫌。再如待人热情本是人际交往的优点,但若不分对象和场合,表现得过分热情,往往使对方感到局促不安,难以接受。人际交往应以和为贵。所谓"和",就是说话要和气,为人要和蔼,相互之间要和睦相处,对待不同意见,也应保持心平气和。与人交往要和颜悦色,亲切温和。总之,和谐是人际交往的佳境。

(3) 优化人际的策略

人际关系是指人们在社会交往中所形成的人与人之间的心理关系。实践证明,人际关系的优劣,直接影响个体的身心健康和生活质量。良好和谐

的人际关系才能给人以快乐的感受,要建立良好的人际关系应注意以下内容:

重视仪表形象。仪表形象是人际交往中的第一印象,修饰得体的仪表不仅能够给人留下良好的印象,而且也体现了对自己、对他人、对社会的尊重。一个不修边幅,蓬头垢面的人总是难以被人接纳。而仪表端庄大方、整洁美观,既体现了一个人的精神风貌,也使人们在情感上容易接受。因此,注重自身仪表的优化,塑造良好的交际形象,有益于顺利进行人际交往。

加强个性修养。在日常交往中,有的人难以与人相处,而有的人却拥有良好的人缘。原因固然很多,但与一个人的个性、品质有很大的关系。一般来讲,具有豁达开朗、宽宏大度、谦和热情、正直诚恳等优良品质的人,人际关系较为融洽,而那些有着人格缺陷的人多有人际障碍,不易与人沟通。因此,有意识地加强个性修养,优化自己的内在形象,是建立和促进良好人际关系的重要方面。

真诚关爱他人。每个人都希望得到他人的关心和爱戴,这是正常的心理需求。当一个人感到周围的人对自己十分关心时,心中便会涌出温暖安全之感,从而充满着自信和欢乐。当他接受了别人的关爱,同样也会去关爱别人,这样相互之间就容易产生亲密友好的关系。古人云:"爱人者,人恒爱之。"播撒友谊的种子,自己就会得到爱的回报。真诚地关爱他人,自己也会得到情感的满足。

学会换位思考。与别人共事相处,难免会发生矛盾与冲突。如果双方都各执一词,针尖对麦芒,互不相让,不仅伤了和气,影响了双方感情,而且事情最终还是得不到解决。此时最好的办法就是矛盾的双方都要学会换位思考。"如果我是对方,会有何种感受",这样一想,原来胸中的疙瘩就会自然化解。凡事多站在别人角度考虑,多为别人着想,往往会化干戈为玉帛,并赢得大家的尊重。

运用微笑语言。在人际交往中,微笑有其独特的魅力。微笑作为一种表情语言,不仅能美化自我形象,而且能缩短双方的心理距离,营造融洽的社交氛围。所以有人称微笑是社交的通行证。例如与人初次见面,投以友好的微笑,可消除双方的拘束感。微笑能反映一个人的精神状态,只有心境愉快,乐观向上的人,才会笑口常开。人际交往中,真诚的微笑是善意的表示,友好的使者,是送给对方最好的礼物。

使用礼貌语言。礼貌语言是指那些约定俗成,用于向对方表示谦虚恭敬的专门用语。人际交往中,应使用礼貌语言,做到言之有"礼",不仅使对方得到尊重,也反映个人的修养,这是交际成功的重要条件。在日常交际应酬中,要多多地使用"您好"、"请"、"谢谢"、"对不起"、"再见"等日常礼貌用语。在不同的交际场合和面对不同的具体情况，还应善于使用问候语、迎送语、请托语、致谢语、征询语、应答语、赞赏语、祝贺语、道歉语等多种礼貌语言。

学会幽默风趣。人际交往中，富有幽默感的人往往是最受欢迎的。有人形象地说明了幽默的重要性："没有幽默感的语言是一篇公文，没有幽默感的人是一尊雕像，没有幽默感的家庭是一间旅店。"幽默是人的一种健康智慧，是社会交往的"润滑剂"。幽默能提高人的交际魅力，增加吸引力，拓宽人际关系，给人带来轻松愉快。幽默还能使人摆脱尴尬境地，缓解紧张严肃的气氛。总之，幽默风趣是人际交往不可缺少的优良品质。

克服不良心态。人际交往要想获得成功，必须克服不良心态，应做到：①"勿气"：人际交往中若出现矛盾，不要感情冲动和丧失理智，应心平气和地化解矛盾。愤怒生气既不利于身心健康，又破坏了人际关系，实不可取。②"勿疑"：与人交往，应敞开心扉，以诚相待，不应无端猜疑，疑神疑鬼，总是以不信任的目光审视对方，这样反使朋友越来越少，自己陷入孤立。③"勿怯"：与人交往，应克服自卑胆怯的不良心态，增强自信心，树立良好的精神风貌，勇敢地享受人际交往的乐趣。④"勿忌"：嫉妒是一种极端消极狭隘的病态心理，表现为对与自己有联系而又超过自己的人产生不服、不悦、失落、仇视等不良情感。它不仅是现代交际中的一大心理障碍，而且也破坏了自身的心理平衡，有碍身心健康。因此应积极克服嫉妒心理。

10. 旅 游 之 乐

随着人们生活水平的不断提高,旅游如今已经成了人们生活中的热门话题。所谓旅游,即是离开居住地去接触和感受大自然及人类社会这个大千世界的旅行活动。旅游中,人们在领略秀丽山川美景及名胜古迹,或参加不同的体育娱乐活动的同时,不仅锻炼了身体,增强了体魄,而且开阔了眼界,丰富了知识,精神上得到了高层次的享受,是一项有益于身心健康的休闲活动,因此受到了不同年龄、性别、职业以及各社会阶层人们的普遍欢迎。根据著名心理学家马斯洛关于人类 5 个需要层次的理论,当人们的某些需要得到满足之后,就要向更高层次的需要发展。旅游是高层次生活标准与高质量生活水平的象征和体现。由于其固有的功能特点,旅游能满足人们各种需要,这些需求都直接关系到人们的身心健康与生存质量,因此,旅游必然成为养生保健的重要举措。

(1) 快乐旅游好处多

随着生活条件的改善,人们对拥有一个健康的身体越来越重视。在时间与经济条件允许的情况下,人们就会希望暂时摆脱紧张、单调、烦闷的生活,选择一种悠闲的度假旅游方式,到海滨、森林、名山大川、城市乡村,去观光度假,纵情娱乐,以消除身心的疲劳。可见旅游能满足人们的健康需求。

旅游不仅是一种休闲娱乐方式,同时旅游也是一种综合性的文化活动。不同旅游地的自然风光、文物古迹、建筑雕刻、绘画书法、音乐舞蹈、风俗美食所形成的山水文化、历史文化、园林文化、建筑文化、民俗文化、饮食文化以及文学艺术等都能满足人们多方面的文化需求。审美需求是人类高层次的精神需求,由于旅游活动本身所具有的功能特点,集中自然美、社会美、艺术美、生活美于一体,旅游者在整个旅游活动过程中既可以欣赏旅游地的自然风光美,又能体验到当地文化艺术美和社会生活美。

人们对未知的事物总是充满了好奇心,有探索求新的欲望。西方心理学家认为几乎所有人的身上都具有探索和冒险的心理成分。旅游者离开温暖安全的居住地外出旅游,往往会产生新鲜的心理感受,特别是旅游中的一些活动,如海洋潜水、穿越沙漠、攀登雪山等,更给人们带来扣人心弦的新奇和刺激,从而丰富了人生的经历,给人们的生活增添了浪漫的色彩。

随着社会的不断进步,人们对物质文化生活的需求提出更高的要求。旅游者可以通过在异国他乡购买当地的土特名产,如苏杭的丝绸、云南的药材、上海的时装、香港的玩具、法国的香水等,还有各种古董文物、旅游纪念品,以满足旅游者收藏纪念、馈赠亲友、求奇、求知、求美、求利、求实用等不同的心理需求。

目前有宗教信仰的人遍布世界各地。一些人为了信仰的目的,到名山古岳、宗教圣地、道观寺院进行宗教考察,参与宗教活动;一些传统的宗教庆典每年都会吸引大批的宗教信徒;分布于名山大川中的寺庙、道观一直香火鼎盛、游人不断。通过这些活动,使那些具有一定宗教信仰的旅游者心灵得到慰藉,从而满足了精神需要。

现代社会中,人们更加注重"重返大自然"的强烈愿望。据世界旅游组织的统计,全世界的旅游活动中,对自然风光的观光旅游、回归自然的绿色旅游,仍是各类旅游项目的主流。人们借助丰富的自然旅游资源,在未受到破坏和污染的生态环境中观赏游览,休闲度假,以放松身心,健体养生。

(2) 旅游资源知多少

旅游资源是指客观存在于一定的地域空间,具有审美、愉悦价值和旅游功能,能够吸引人们产生旅游动机,可以用来开展旅游活动的所有自然要素和人文要素,它是旅游活动的客体,包括自然旅游资源和人文旅游资源。

自然旅游资源　自然旅游资源作为旅游资源的一种类型,是指自然环境中天然存在并能够给人们以美感的各种事物与现象。包括地貌景观、水域景观、气象景观、生物景观等不同的自然景观。

① 地貌景观:地貌景观是由地球内外力共同作用形成的包括山地、洞穴、峡谷、沙漠、戈壁等自然景观。

山地风景具有险峻、秀丽、幽静、奇特等特征,可满足审美、健身、避暑、探险、猎奇等多种旅游需求。世界著名的风景名山有我国的黄山、桂林山水、五岳(东岳泰山、西岳华山、南岳衡山、北岳恒山、中岳嵩山)，以及日本的富士山、菲律宾和印度尼西亚的多处火山、欧洲中南部的阿尔卑斯山、俄罗斯的高加索山等。

洞穴是一种地下的地貌景观，据有关资料统计，全世界已开发利用的洞穴旅游资源有近千个。我国目前已开发利用和正准备开发的洞穴约有200个。在这些洞穴中，多给人以奇、险、幽、深、美等感受。如我国江苏宜兴的善卷洞、云南昆明的九乡洞穴等。

峡谷作为风景地貌的一种，自古以来被游人所向往。著名的峡谷风景有号称"千里画廊"的长江三峡，世界陆地最深的峡谷——地狱谷，世界最长的峡谷——雅鲁藏布大峡谷等。

干旱地貌主要包括沙漠、戈壁、雅丹等地貌形态，是干旱气候条件下形成的一种地貌。这些地区不仅干旱缺水、人烟稀少，而且其独特景观，诸如高大的沙丘、起伏的沙垄、雷鸣般的响沙、奇异多姿的"风城"、虚幻缥缈的蜃景和浩瀚沙海中的生命奇观等，均吸引着众多游人前往体验与观光。

② 水体景观：水体景观有江河、海洋、涧溪、瀑布、泉水、湖荡、冰川等。其不同的形态、气势、声音与周围山体等景物相结合构成了多姿多彩的胜景。

江河是水体景观的重要一类。长江是我国最长的河流，也是世界第三长河。沿江风景秀丽，人文景观丰富。著名的长江三峡以及长江上的葛洲坝工程、三峡大坝工程更是使游人为之惊叹。黄河是我国第二大河。它孕育了历史悠久的中华文明，被誉为中华民族的母亲河。黄河流域保留了大量古人类遗址遗迹、帝王园林、帝王陵墓等古代艺术瑰宝，有深厚的文化底蕴。黄河中游河段上的壶口瀑布以其磅礴的气势堪称奇观。

海洋景观包括海岸风光、海底世界、海上景色、海洋生物、海上奇观和海滨沙滩等。我国的青岛、大连、北戴河、厦门、三亚等以及英国的布莱顿和布莱克普尔、法国的尼斯和加莱、意大利的斯培西亚和利古里亚、西班牙的巴塞罗那和希洪、比利时的奥斯坦德、德国的罗斯托克、墨西哥的坎昆、泰国的帕塔亚都是著名的海滨游览胜地。

世界上著名的湖泊很多，有些以长、宽、深、大闻名，有些以奇、秀、清、幽独具特色。如世界最大的淡水湖群——五大湖群，最大的淡水湖——苏必利尔湖，最深的湖泊——贝加尔湖，最低的湖泊——死海，最高的湖泊——纳木措。我国著名的湖泊有太湖、西湖、洞庭湖、鄱阳湖、千岛湖、长白山天池、天山天池、昆明滇池等，这些均为风景优美并令人向往的旅游胜地。

瀑布是指从河床横断面陡坡悬崖处泻下来的水流。瀑布的特点主要表现在山水完美结合,具有形态、声态、色态的三态变化、加上周围的山石峰洞、林木花草、白云蓝天、文物古迹等环境要素的协调结合,便构成了美若仙境的奇妙世界。世界著名的瀑布有印度西南沿海的格尔索帕瀑布、欧洲的奥尔默利瀑布、拉丁美洲的安赫尔瀑布、北美的尼亚加拉瀑布以及我国贵州境内的黄果树瀑布。

泉是地下水的露头。泉作为旅游资源,具有疗疾健体、美化环境的作用。我国名泉甚多,据统计,约有泉水点数万个,具有南多北少、东多西少的分布特点。日本是世界著名的温泉大国,全国共有泉水点 19560 处,泉水疗养旅游人数和设施均居世界首位。

冰川是位于高山或高寒地区的一种固态水体,这些固态水体在强大的重力和压力作用下,会发生极为缓慢的移动现象,从而成为冰川。冰川主要分为大陆冰川和高山冰川两大类,前者大多分布在南极和格陵兰岛,后者主要分布在喜马拉雅山、冈底斯山、唐古拉山、昆仑山、天山、阿尔卑斯山等山地。冰川通常吸引那些以探险猎奇为目的的中青年旅游者。

③ 生物景观:生物景观是指具有观赏作用的动物或植物,包括花、草、虫、鱼、树、鸟、兽等各种生物组成的动物园、植物园、海洋公园、动植物标本馆、自然保护区及田园风光等。如我国昆明世界园艺博览园、西双版纳植物园、香港海洋公园以及英国皇家植物园、非洲天然动物园、法国巴黎国立自然史博物馆等著名园馆。它们既是动植物生存、生长及科学研究之地,又是人们游览观光和学习的场所。

④ 气象景观:气象景观是指对旅游者具有吸引作用的各种气候条件和气象,如低纬度低海拔地区的热、亚热带风光,高纬度高海拔地区的冰雪胜景,高原山地的云雾奇观、海洋沙漠中的海市蜃楼幻景。如我国西藏的高原雪域风光以及气象万千的黄山云海就属于气象景观。

人文旅游资源 人文旅游资源包括历史古迹、寺庙建筑、宗教圣地、民俗风情、城乡风貌、园林艺术和文化娱乐等。它既是人类活动所创造的物质财富和精神财富,又是伴随着人类历史发展的必然产物,是人们旅游活动的重要内容。

① 文化遗产:文化遗产包括古代和近代人类从事政治、经济、文化、教育、科学、艺术及军事活动等所遗留下来的各种城堡、古战场、古建筑及各类活动场所等。如著名的埃及金字塔、古巴比伦空中花园、印度泰姬陵、巴黎圣母院、埃菲尔铁塔以及我国的长城、故宫、西安兵马俑等。

② 宗教圣地:宗教圣地是指以宗教信仰、宗教活动、宗教建筑、宗教文化和宗教艺术构成的宗教旅游地。例如梵蒂冈是集宗教、城市和国家为一

体的宗教之国,是天主教皇的居住地,境内的圣彼得大教堂有文艺复兴时期许多艺术大师的壁画与雕刻,每年到此旅游的人数超过千万。被称为我国佛教四大名山的五台山、峨眉山、普陀山、九华山以及有道教第一名山之称的武当山、道教的发源地之一的青城山均为著名的宗教旅游胜地,每年吸引着大批中外游客。

③ 园林艺术:园林艺术是指通过人工造园的手段,将各种山石水体、花草树木、民族建筑和雕刻艺术等巧妙地组合在一起,形成具有生活、旅游、观赏等旅游休闲功能的空间艺术实体。根据其整体形象、风景内涵和审美情趣的不同,园林可分为两大类:一类是以中国古典园林为代表的东方自然式园林;另一类是以法国古典园林为代表的西方几何规则式园林。

此外,根据园林艺术的性质和功能,还可以将园林分为皇家园林、私家园林、寺观园林和公共园林等。皇家园林是专供帝王休息享乐的园林,其规模宏大,富丽堂皇。如北京的颐和园、河北承德的避暑山庄;私家园林大多建在江南的苏州、杭州等地。如苏州的拙政园、上海的豫园等;寺观园林是由寺观、名胜古迹和自然风景组成的宗教性质的自然风景区。著名的有北京潭柘寺、镇江金山寺等;公共园林如杭州西湖、北京什刹海等。这些均属于中国古典园林。

④ 城市风貌:世界著名的旅游城市有很多,包括有丰富文化内涵历史悠久的古城、具有鲜明特色的世界名城以及现代化气息浓郁的国际大都市。如希腊的雅典、意大利的罗马,以及"世界花都"巴黎、"雾都"伦敦、"水城"威尼斯、"狮城"新加坡和纽约、柏林、上海、北京、东京、莫斯科等国际大都市。另外,我国从 1982~2005 年也先后公布了 103 座中国历史文化名城。这些中外历史文化名城和大都市一直是人们观光游览、文化娱乐和商务活动的重要旅游地。

⑤ 民俗风情:民俗风情是指包括各个民族在语言、服饰、饮食、居住、节庆、礼仪、婚恋及生产、生活等方面特有的各种传统文化民族习俗。我国有56 个民族,全世界拥有 200 多个国家和地区,2000 多个民族,65 亿人口,并分布于世界不同地区,从而形成了不同的风土民情和奇风异俗。这些风土民情和奇风异俗对于来自异国他乡的游客具有一定的吸引力。

(3) 旅游养生注意事项

为了旅游的快乐和收获,无论是参团旅游还是自助旅游、驾车旅游等不同的旅游形式,除了有以上各自相应的要求以外,尚有一些共同的注意事项。

65

行前准备　为了使旅游达到较好的养生保健目的,旅游前必须作好充分准备,包括身体健康、心理调适以及诸如路线选择、日程安排、交通工具、所带用品等出游细则。要根据旅游者的不同年龄、身份、爱好,选择不同的旅游项目。仁者乐山,智者乐水。游山使人开朗,临水使人宁静。年轻力壮者喜登山攀岩,砥砺意志;年老体弱者可漫步消遣,时辍时行。总之,意在健身养性,不必强求一致。

准备好"旅游四宝"即鞋、伞、墨镜、太阳帽。外出旅游,选择一双合适的鞋非常重要。一般要求是轻便舒适防滑耐磨的运动旅游鞋或休闲鞋。折叠伞既可避雨,又能遮阳,如果是夏季到海滨还要带上防晒霜。墨镜既可保护眼睛避免强光刺激及风沙吹进,又能美容装饰。太阳帽既能遮阳又可避免头发被风吹乱。

储备知识。由于旅游是一项内涵丰富的活动,面对同一审美对象,可因旅游者的文化修养、生活阅历、兴趣爱好、审美能力的差异产生不同的内心体验。所以要求旅游者应有一定的知识储备,对于旅游地的历史地理民俗应有所了解,平时应加强文化素养和提高审美能力,这样在旅游中才能有更多的收获并达到较好的养生效果。

要将旅游活动与四季养生结合起来。春季阳光明媚,天地充满生机。人们应顺应春时生发之气,走出户外,沐浴春风阳光,到郊野踏青,放松心境。夏季气候炎热,可选择海滨、森林、北方山庄旅游养生。外出时应避免长时间在烈日下暴晒。秋季天高云淡,气候凉爽,是旅游养生的大好时光。无论登高凭临,极目四方,或游览古迹,沉思历史,均会感到神清气爽,心灵得到净化。冬季气候寒冷,大地闭藏。人们在作好防冻措施的同时,可迎寒而上,踏雪赏梅,观冰雕玉树。还可以离开冰天雪地的北方,领略南国的青山绿水和盛开的鲜花,也别有情趣。

途中须知　首先是旅途安全。旅游大多是在陌生环境的室外活动,因此应注意安全,避免发生各种意外。如果是自助游,最好能相约几个志同道合的人结伴而行,以便途中相互照顾。登山时不要到悬崖峭壁上观光拍照,以免意外。在海滨湖泊中游泳时也应做好各种防护措施。

其次,要注意饮食卫生,防止因饮食不洁或暴饮暴食引起胃肠道疾病;避免疲劳旅游,旅游对人的体力和精力消耗很大,所以要注意充分休息,养精蓄锐,尤其是中老年人更应注意量力而行;随身携带晕车药、腹泻药、感冒药等常用药品。

再者,旅游是一项健身活动,所以应提倡适当步行。如果贪图旅途安逸,行路则乘车,升阶必坐轿,那往往体会不到旅游的乐趣,失去旅游健身的意义。实践证明,徒步不仅可随心所欲地饱览景致,同时使身体各部分肌肉韧带得到协调锻炼。正所谓"健康长寿,始于足下"。

最后,提醒大家应注意保护环境。无论是自然旅游景观,还是人文旅游景观,都是人类的共同财富和遗产,旅游中必须加以爱护,更不应随意毁坏。尤其是生态旅游的宗旨之一就是倡导人们要"保护环境,爱护人类的美好家园",这是每个旅游者的责任和义务,否则既违反了社会道德,不符合旅游养生的宗旨,也难得到旅游的真趣。

11. 读 书 之 乐

宋代诗人陆游在医学不发达的时代,尚能活到 85 岁,这与他平时爱读书有一定的关系,他在诗中多处提到读书:"读书有味身忘老"、"病需书卷作良医"。古今中外的名人志士都爱读书,像孔子、巴甫洛夫、萧伯纳、马寅初、巴金、冰心等,他们不仅把读书作为获得知识的手段,而且还把读书作为养生的方法之一,从而健康长寿。

我国作为四大文明古国之一,是世界上最早喜爱藏书和读书的国家。自古以来很多学问家将读书、抄书、藏书、著书、购书视为人生一大乐趣。著名学者季羡林说:"我国古籍不知有多少藏书和读书的故事,也可以叫做佳话。

图8　书是人类进步的阶梯

我国浩如烟海的古籍,以及古籍中所寄托的文化之所以能够流传下来,历千年而不衰,我们不能不感谢这些爱藏书和读书的先民。"著名作家冯骥才也曾感慨读书的乐趣:"读书如听音乐,一进入即换一番天地。时入蛮荒远古,时入异国异俗,时入霞光夕照,时入人间百味。一时间,自身的烦扰困顿乃至四周的破门败墙全都化为乌有,书中世界与心中世界融为一体。"

(1) 读书为人生至大幸福

金圣叹认为"雪夜围炉读禁书",为人生至大幸福。寒夜不冷,又有书中极品可读，当真幸福不已。诗人白居易对读书也曾留下许多著名篇章，他在《庐山草堂记》里写道："左手引妻子，右手抱琴书，乡老于斯，以成就平生之志。"所谓的平生之志，也就是像陶渊明一样过着隐居的读书生活。无生活之忧，家藏万卷书。

苏东坡对书痴迷，留下许多佳话。苏东坡参加省试，主司官是欧阳修，东坡在《刑赏忠厚之至论》的考卷中，引用典故说："皋陶曰杀之者三，尧曰宥之三。"欧阳修博览群书，却找不到这个典故的出处，就问苏东坡。东坡回答说："在《三国志孔融传注》。"欧阳修依然没有找到。东坡说："曹操灭袁绍，以袁熙妻子送给曹丕。孔融说：'当年武王伐纣，把妲己赐给周公。'曹操问孔融此事出于何处？孔融说：'从今天的事看起来，应该是这样的。'尧、皋陶之事，我认为也应该是这样的。"欧阳修对苏东坡的善读书，善用书赞不绝口。

读书是人生一大赏心乐事，而愉悦的情绪，快乐的心态，实在是养生的一剂非常有效的良方。读书之乐，至少有三：一为启愚之乐。人之有别于其他动物，最根本的一条就是人有思想和智慧。智慧来源于实践，而书乃是人类实践的总结。读书是使人从愚昧走向智慧的上佳途径，诚如孔夫子所言："我非生而知之者，好古，敏以求之者也。"哲学家、史学家和许多思想家的著作，更能给予人们以大智慧。二为励志之乐。人而无志，则只能浑浑噩噩终其一生。读书有助于我们树立一个高尚的人生目标。特别是一些伟人和成功者的传记，他们的奋斗史体现了其中的勤劳刻苦、坚毅顽强、追求卓越、勇于创新等非凡的人格力量，将极大地激励我们并影响我们的一生，使我们自己也能成为一个有所作为的人。三为博识之乐。书中包罗万象，精彩尽在其中，天文地理、经史文化、鱼虫花卉、风俗民情、人造卫星、太空飞船、电脑网络、纳米技术等，种种人类古今的创造发明与智慧结晶，我们都可以通过读书尽收眼底，使视野开阔，头脑充实，既赏心悦目又能提升人们的生存能力、工作效率和生活质量，何乐而不为？

（2）读书万卷，不上医院

读书有乐趣，能塑造人的性格。清人吴恺在《读书十六观补》曾引龙延之的话说："饥读之以当肉，寒读之以当裘，孤寂读之以当友朋，幽忧而读之以当金石琴瑟，其嗜书之笃如此，读书者，当作此观。"看来作者深谙读书的意趣，所以自认为一生唯有读书乐。古人云："三日不读书，便觉言语无味，面目可憎。"正所谓"腹有诗书气自华"。一个思想深刻的人，一个在某个领域有所造诣的人，一个出口成章、妙笔生花的人必定是一个善于阅读的人。

三毛写下了大量名篇,与她阅读了大量的古今名著息息相关,作家简介中说她五岁半就已经开始阅读《红楼梦》。古诗中有"问渠那得清如许,为有源头活水来",人的思想需要源头活水,而这源头活水有一大部分是来自读书。每天读点有益的书,对精神有滋补作用。它能陶冶我们的情操,开阔我们的视野,使思维不僵硬,心灵不贫乏。把我们由琐碎杂乱的现实生活中提升到一个较为超然的境界,使我们遇事时能以局外人的眼光客观看待,让我们不去计较那些日常生活中的烦忧、悲伤、以及一切熙熙攘攘的名利纷争。

读书能明理,读书更能养生健身。读书可使人们珍惜人生,重视养生保健,更好地生活下去,有些人老了后,感到精神空虚,无所企盼,甚至产生厌世和轻生的思想。而书籍是生命的"激活剂",劝诫人们珍惜人生,鼓励老年人坚强地活下去,体验人生价值,焕发青春活力。书籍中的知识丰富多彩,开卷有益,读完一本书就有一份满意的收获。读古典诗词和养生健体之类的书籍,学养生之道,修养生之法。我国的养生之道,内容丰富,史载千年,我们的祖先从哲学、医学、食物营养学、运动学及环境诸多领域里探索生命的规律,积累了丰富的养生之道。这些大部分通过诗文经著流传后世,成为诗书中神秘而珍贵的奇葩。这些诗书可谓浩如烟海,汗牛充栋。书中那些健康长寿的经验,那些衣食住行的新知识,那些防治疾病的各种方法,读后更会直接受益。

读书能给人一种好心情,排除忧愁烦恼的情绪。找知识性、趣味性、实用性强的图书读,好像是和良师益友在交谈,心情特别愉快。有些离退休的老年人,容易出现孤独、郁闷、悲观失望的情绪,影响身体健康,而读书有较强的解郁作用和宣泄效果,能够调整人的心理状态,当人们的注意力集中到书籍上时,就像进入另外一个世界,一切忧愁烦恼和不愉快的感觉,顿时烟消云散,有利于增进心理健康。

书籍上的文章,都是由文字排列而成的,它有一定的节律性,在读这些文章的时候,通过眼睛的视神经传入大脑的视觉中枢,能使全身的组织细胞产生良好的共振现象,从而使人体的生物节律更加整齐,生物潜能得到进一步激发,生理功能处于最佳状态,生命力增强,衰老的过程变慢,人的寿命延长。大脑是人体的"司令部",人老首先从大脑衰老开始,要想使大脑衰老减慢,有效的方法就是让它经常接受外界的良性刺激,尤其是知识方面的信息,因而进行脑力思考,就好像让大脑进行体操锻炼,在锻炼中扩张血管,加速神经反射,增强脑细胞的活力。

(3) 读书有方法

健康读书首先应营造良好的读书环境和氛围。现代学者余秋雨先生对书房的要求是:"我所满意的是书房里那种以书为壁的庄严气氛。书架直达壁顶,一架架连过去,围过来,造成了一种逼人身心的文化重压。一进书房,就像走进了漫长的历史,鸟瞰着辽阔的世界,游弋于无数闪闪烁烁的智能星座之间。我突然变得渺小,又突然变得庞大,书房成了一个典仪,操持着生命的盈亏缩胀。"著名学者施蛰存先生对图书阅览室的要求是:"一个理想的阅览室的布置,应该恰如一间会客室兼居室一样。有沙发,也有圈椅;有圆桌,也有茶几。谁愿意排班似的正襟危坐着看书呢? 让我们可以自由坐倚,让我们可以抽烟喝茶,让我们可随时掩卷,绕着一个桌子踱几步,甚至让我们可以和同来的朋友或不相识的同志谈几句。这样的要求并不太奢侈,为什么没有一个图书馆愿意试一试呢?"

古代文人雅士的读书楼、读书台、读书馆大都选择在环境幽静景色优美的山林,如位于江西庐山南麓虎爪岩下的陶潜书馆,是东晋诗人陶渊明辞官归田后隐居于此的书馆。相传陶氏在此醉游吟唱,读书赋诗。著名述志名篇《归去来辞》就在此馆完成。又如位于江苏南京五台山的随园曾是清代著名诗人袁枚隐居读书的地方。袁枚于30多岁辞官,"因山筑基,引流为沼,莳花种竹",改建所买旧园,易名为"随园"。随园占地极广,园有二十四景。袁氏退隐于此读书写诗,著书甚丰,有《随园诗话》、《随园随笔》等。

其次,读书甚为讲究读书的毅力和方法。北宋史学家司马光一生藏书甚多,喜爱博览。为了夜以继日读书,他用圆木做枕头,名为"警枕"。读书犯困时,枕着它睡觉,身体稍有翻动,圆木滚落,即可从梦中惊醒,重新攻读。或用冷水洗面,激醒神志。其读书强调"诵读"。他说:"书不可不成诵,或在马上,或中夜不寐时,咏其文,见其义,所得多矣。"当然,他注重诵读名著,并非要求任何书都要成诵,是有所选择的。司马光读书著书成绩斐然,很大程度上得益于其诵读式读书方法。著名教育家蔡元培先生有一个四字诀,即"宏、约、深、美",概括了他的基本读书方法。"宏"是指知识结构要博大宏伟,兼收并蓄,了解邻近各个知识领域之间的内在联系。"约"是指一个人的生命有限,时间宝贵,当基础打好以后,就得由博返约,从十八般武器之中选择一两件最合手的,否则精力分散,顾此失彼,结果一事无成。"深"是指精通、发展、创造。在约的前提下,重点突破,究本求源,自然会发现新的天地。"美"是指一种理想境界。唯有付出巨大努力,才有可能步入这种境界。语言学家王力先生拿到一本书后,讲究先要读序言和凡例。认为"序例常常讲到写书的纲领、目的。替别人作序的,还讲书的优点。凡例是作者认为应该注意的地方。"如果先读序言凡例,往往能首先在总体上把握全书的特点和大致内容,此后再去具体阅读各个章节,就可收到事半功倍之效。

12. 书画之乐

中国的书法与绘画既是具有浓郁民族特色的传统艺术，又是养生延寿的重要手段。自古以来，书法家与画家多长寿，所谓"画家多长寿，寿从笔端来"。如历史上著名的颜、柳、欧、赵四大书法家，其中三位都年逾古稀。近现代书画家中长寿者更是不胜枚举。如近代画家何香凝、齐白石皆年逾九旬。清朝的康熙皇帝酷爱书法，他说："人果专心于一艺一技，则心不外驰，于身有益。朕所及明季之与我国之耆旧，善于书法者，俱寿考而身强健。……由是观之，凡人心志有所专，即是养身之道。"

图9 习书作画

书画养生，包括习书作画和书画欣赏。习书作画是亲自握管，融学习、健身及自我欣赏为一体。书画欣赏则是通过欣赏和品味古今名家的书画碑帖等艺术珍品，从而获得心理的共鸣和美的享受。因此，均有益于身心健康。写字作画的时候，需要全身心放松，包括筋骨、四肢、思想、神经等；要"凝神静虑，预想字形大小"（王羲之语），全神贯注，心念专一，进入一个"忘我"、"无我"的境界，在这样一种超然的状态下，意识形态升华了，能使紧张的神经松弛,能使劳累的躯干的功能恢复;在预想天地山川,万事万物,花鸟虫鱼自然物象之时,结合自己的经验将这些有机物象预存至大脑,选取最美的形态通过全身器官的有机结合,将这些令人心醉,令人神往的美好的物象充分地表现出来,愉悦之情油然而生。如果经常生活在这样一种超然的,没有疲劳、没有精神压力、没有功利争斗、没有内部脏器损耗、没有筋骨劳损的状态下,健康长寿自然而来。

(1) 习书作画,形神共养

习书作画有疏通经脉、调畅气血的作用。习书作画时要求头正身直,臂开足安,悬肘松肩,以利提全身之气。同时,必须集中精力,心正气和,灵活自若地运用手、腕、肘、臂,这样可使体内气血畅通,身体各部的功能得以调整,大脑神经的兴奋和抑制得到平衡,促进了血液循环和新陈代谢,从而达到"疏其血气,令其条达,而致和平"的最佳生理状态。

习书作画有凝神静志,调整心理平衡的作用。秉笔握管,必须绝虑凝神,粗犷之处,一挥而就,大刀阔斧;细腻之处,犹如发丝蝉翅,一丝不苟。如是,则可以意力并用,以静制动,使身体处于内意外力的"气功状态"。各种情绪过激可使脏气失调,书法则可调整心态,使情绪稳定。狂喜之时,习书能凝神静气,精神集中;暴怒之时,能抑郁肝火,心平气和;忧悲之时,能散胸中之郁,精神愉悦;过思之时,能转移情绪,抒发情感;惊恐之时,能神态安稳,宁神定志。香港大学书理研究室通过对练习中国书法时和休息状态下不同的心率、呼吸、血压、脑电波等生理指标的对照显示:"练书法不仅能带来生理状态的松弛,也能导致心理状态的宁静",从而有助于排除不良因素干扰,达到养心安神,调节平衡的作用。

欣赏书画艺术能使人增添情趣、陶冶情操,获得美的享受。书法和绘画是两种不同的艺术表现形式。书法重在字的间架结构变幻及笔力气势的变化。著名书法家沈尹默先生称中国书法是"无色而具画图的灿烂,无声而有音乐的和谐"。中国画则重在丹青调配,浓淡布局,有的表现花草树木,有的描绘飞禽走兽,有的再现名川大山,有的刻画古今人物。观赏出神入化的名家之作,会感到高雅艺术的无穷魅力,"使望者息心,览者动色",从而获得内心的宁静和心理的满足。

(2) 传统书画养生要诀

传统书画是我国特色艺术,书画既可以培养自己的艺术情操,又可以调心养气,是一项很好的养生活动。人所共知书法可以养生,但要使书画从单纯的艺术技术层次上升到养生延年境界,还必须注意以下一些要素:

凡是能益寿的各种养生方法都切忌极端的"动"和"静",贵在静中寓动、动中寓静、动静结合。大家都知道太极拳是动中有静,气功则是静中有动,中国书法则被誉为"纸上的太极、墨上的气功",是动静结合的最佳典范。写书法时的正确姿势是最基本的要求,这是炼形,如果姿势不当;写书法之时,更要注意精神意念的专注和思考,这是调神,如果做不到这两点,不光是字写不好,而且容易疲劳,长此以往,反而有损健康。具体而言:写书法时,讲究端坐挺胸昂首、两腿自然分开、足尖向前,做到头正、身直、臂开、足安,如太极拳蹲马步一样;书写前默坐静思、调匀气血、心平气和、意念入静,进入忘我的境界;书写时精神集中,排除杂念,心正气和,心思专一,然后意念与笔力结合进行创作;整个创作过程要全身心投入,将全身的力通过臂、肘、指送到笔端,才能创作出一幅幅笔力遒劲的书法作品,如此才能达到书法养生之效。

其次,练习书画的内容也相当重要。无论是创作者或欣赏者,由于进行此养生活动之时,精神情志都高度集中,眼观其内容而感应于心中,亦可看作是一种专心致志的阅读。作为媒介载体的书画,其传达的内容必然对人的精神情志造成深刻的影响,因此,作为养生应以接触正面良好的内容为要。如果书法作品中的内容本身有"清心寡欲身健,志闲神怡体康"之类的养生保健箴言名句,其养生之效无疑事半功倍。

在此摘录写字歌两首,供大家欣赏参考:

(准备)字正身先正,肘悬肩宜沉,心中存立意,下笔自有神。

(执笔)厌押钩格抵,指实掌竖虚,腕悬松平和,挥毫始得力。

(笔画)点画循楷则,侧勒努趯策,行笔有始终,撇捺啄掠磔。

(行笔)逆入涩行笔,调锋顿驻提,锋正力透纸,笔笔送到底。

(修养)写字如做人,最要精气神,功夫在字外,泱泱中华魂。

——枕石山人

练书法,益身心。活筋骨,赛补品。

购笔墨,添纸砚。昼可书,夜可练。

写字时,须认真。先讲究,姿势正。

头面正,腿放平。腰背直,额前倾。

胸离桌,两三寸。眼距纸,一尺零。

掌要虚,腕宜平。笔管直,执得紧。

指腕肘,配合稳。运五指,分工明。

练书法,莫躁急。宜坚持,循渐进。

先楷书,后行隶。可摹写,对帖临。
先形似,后通神。细品味,妙趣生。
练书法,聚精神。减压力,心自静。
疲劳消,烦恼驱。动手眼,用脑筋。
外练字,内练气。气血调,病自少。
既健身,且养心。自陶醉,乐融融。

——高天

13. 弈 棋 之 乐

　　弈棋是一种竞技性的娱乐活动。其种类繁多,如围棋、中国象棋、国际象棋、军旗、跳棋、陆战棋等数十种。弈棋变化万千,妙趣横生,雅俗共赏。两军对垒之时,弈者精神专注,意守棋局,杂念全无,随着棋局变化,神情有张有弛,客观上起着寄托精神,调畅情志的作用。古时善养生者,莫不精于此道。故有"善弈者长寿"之说。

(1) 弈棋养性,延年益寿

　　下棋有修身养性的功能。一盘棋的艺术表现全在于它的构思严谨及瞬息万变的巧妙应对。面对棋局复杂变化,弈者凝神静气,全神贯注,或把握全局,成竹在胸,或力挽狂澜,处变不惊。这对培养人的良好心态和大度处世的风范很有好处。

图 10　弈棋之乐

下棋能锻炼思维、开发智力。弈棋是一项有意义的脑力活动。当两军对垒,行兵布阵之时,双方既是智力的角逐,又是开动脑筋,活跃思维的过程。经常下棋,能够活跃脑细胞,增加脑部血流量,开发智力潜力,提高人的计算能力、分析能力和默记能力。

下棋使人的心情舒畅,延年益寿。弈棋是社会交往的媒介,以棋会友,扩大了人际交往的范围。棋友之间切磋棋艺,增进友谊,感到心情愉快,满足了人的心理需求。因此,弈棋高手中长寿者不乏其人。如明末的高兰泉、清末的秋航均享年 90 岁以上。近代象棋高手林弈仙活到 93 岁。棋坛著名寿星谢侠逊 6 岁学棋,终身不辍,誉为百岁棋王。故棋坛上流行的谚语为:"弈棋养性,延年益寿。"

总之,棋是一种高尚的娱乐活动,经常下棋对健康很有益处。老年人下棋,脑力思维活动,锻炼了大脑,有助于防止痴呆症;作为休闲娱乐,下棋不像赌博那样,为输赢而耗心费神;老年人会下象棋,还可与孙辈们下,既可休闲娱乐,也可培养儿童的思维能力,对他们学习文化科学知识很有好处。

(2) 弈棋为乐,不可伤身

弈棋虽然是一项高尚的娱乐活动,但也应讲究适度。下棋时间不宜过长,更不能废寝忘食,否则由于久坐使下肢静脉回流不畅,出现麻木疼痛等不适。同时,应当注意情绪调节,对于输赢不应过于在意和较真,弈棋应以探讨技艺,增进友谊,修身养性为目的。为了身心健康,具体而言必须注意以下几方面:

不要以下棋进行赌博。赌博耗心费神,严重者影响到情绪、身心健康和生活,甚至还会影响到家庭和睦。

不要随地下棋。冬季天寒地冷,夏季天气燥热,蹲在地上下棋,甚至还会遭受太阳曝晒,对身体不利,应尽可能选好活动处所,舒适地进行。

下棋时间不宜过长。一般每日下 2～3 小时即可,不可废寝忘餐,夜以继日,损害身体健康,高血压、心脏病患者尤其应该注意。

下棋为消遣,不是参加比赛,不必过于认真。如果由于对方悔棋自己不准悔,自己悔棋对方不准悔而发生争执,就会有伤和气。

观看别人下棋,主要是学习双方精妙着法,不是很熟的人,不要轻易讲话,以免惹人不满。特别是观看比赛时,绝对不能讲话。

应选与自己棋力相当者下棋为好。俗话说要"棋逢对手",否则总输或总赢均无乐趣。但为学棋就应选择略高于自己的棋手下为好,以利于自己的棋艺提高。

如参加比赛，必须注意遵守弈棋规则及主办者的补充规定，并注意礼节和仪表。

至于怎样学棋与提高？首先从书本上学，现在棋书很多，讲开局、中局、残局、全局、排局的都有；其次从实践中学，也就是通过下棋，或观赏别人下棋；再者从研究中学，要注意自我总结，找出自己和对方的哪些招法好、哪些招法错，注意以后怎样防止错招和化解对方的妙招；最后要持之以恒，下棋易学难精，特别是老年人，既要有恒心学习提高，又不可过于劳心费神，认为非学到某种程度不可。

14. 垂 钓 之 乐

垂钓是一项古老的户外活动。过去多作为一种谋取食物的手段,后来逐步发展为有利于身心健康的休闲娱乐活动。古今中外有关钓鱼的趣闻很多,如姜子牙为辅佐周室,安邦治国,寄志于垂钓,已成为流传千古的佳话。

(1) 悠然垂钓,自得延年

垂钓多是选择远离市区的郊野,经过一番跋涉,到了湖边河畔,仍要来回走动,察看地形水势,选择钓位,这本身就是一种活动筋骨的健身运动。垂钓时要不时地抛杆、提杆、换饵、站立、下蹲、前俯后仰,反复多次,如此可使肌肉韧带及颈、肩、肘、踝、趾等各部位关节得以均衡锻炼。因此有人称垂钓是一项"轻体育"活动。

垂钓有养性的作用。垂钓者静坐河边塘侧,面对旷野村色,呼吸着新鲜空气,静观水面鱼漂的沉浮动静,不愁不忧、悠然自得、烦恼皆无。心情浮躁者变得沉着稳重,情绪低落者使之心胸开阔。

垂钓有怡情的作用。垂钓使人们有更多的机会接触自然,享受自然。江河湖海之滨,草木葱茏,碧波荡漾,野草阵阵芳香,空气清新宜人,阳光温暖柔和,这一切都使人感到心旷神怡。当钓到一条活蹦乱跳的大鱼时,心中喜悦之情只有身临其境者才能体会到,其情趣真是妙不可言。

垂钓能磨炼意志。钓鱼应耐心静心、全神贯注、不急不躁,等待鱼儿上钩。俗话说"任凭风浪起,稳坐钓鱼台"。这不光是谈钓鱼,更富有人生哲理,在任何情况下,面对各种困难,都应保持一种冷静沉稳、乐观坚定的心态。因此,钓鱼对于磨炼意志很有好处。

垂钓是一门既有理论又有实践的技术,涉及各方面的知识,如季节气象物候的掌握,地形、水域的判断,各种鱼的生活习性的了解,以及钓竿、钓线、钓钩、钓饵的选择等。因此垂钓者应善于学习,总结经验,逐步摸索,才能不断提高垂钓技艺。

垂钓应注意安全。最好是多人结伴,结合郊游活动,一方面能相互照应,更能增添情趣。有风湿痹症患者应注意防潮防寒,以免加重病情。另外,垂钓的意趣是在其过程,"钓翁之意不在鱼",至于能否钓到鱼或鱼的大小多少不应太介意。如果因为钓鱼的"收获"不大就垂头丧气,那就失去了垂钓的养生意义。

(2) 垂钓方法小知识

要想做好钓鱼,必须具备一定的钓鱼技术,如位置的选择、钓鱼的技巧、垂钓的原则等,这些都需要在生活中积累,在实践中摸索。限于篇幅,这里仅介绍一些垂钓小知识,供大家入门学习。

① 选择钓位。钓鱼不是随便把钩下到河道的任何地方都能钓到鱼的,钓位的选择十分重要。要善于观察水下是否有鱼,一般钓位都要选在鱼儿觅食区、栖息点或洄游通道上。此外,还要掌握不同地点、不同季节、不同鱼类的活动规律。比如,流水有利溶氧,也可为水中不断增加新鲜饵料,故活水区比静水区鱼多。所以,两河会合处、湖泊、水库的河流入口处是比较理想的地方。俗话说,"春钓滩、夏钓潭、秋钓荫、冬钓草"。说的就是春天宜选浅水处垂钓,夏天的鱼多在深水潭或水草底下,秋天在水草附近或荫处水钓鱼会更有收获,冬天钓鱼应到杂草水藻丛处下竿。

② 撒饵作"窝"。要将事先准备好的诱饵撒在钓点上,面积不可大,一般以不超过 30～50 厘米范围为宜。窝点与岸边的距离不可过远,应与钩的固定位置相适应。不要在水质很脏或杂草丛生、靠近荷叶处作窝。钓到几条鱼后,要添新诱饵或做 2～3 个窝点以备轮换使用。

③ 观漂动静。鱼咬钩,漂就动。小动多半是小鱼在啄食钓饵,大动才是鱼已上钩。一般大动的反应是"送漂"、"拖漂"和"拉黑漂"。这都要钓鱼者时刻关注,以把握起竿时机。

④ 把握起竿时机。在钓鱼技巧中,这是很关键的一项。通常漂动,就要做提竿的准备。小动,不要去管它。当出现"送漂"、"拖漂"或"拉黑漂"时,说明鱼已将钩吃到嘴里,是最佳起竿时机,不要错过。起竿时,要根据不同鱼种和鱼漂的反应采取不同的方法,或轻提,或急提,或用力猛提。一般来说,要用手腕的力量将竿抖一下,钩住鱼嘴的要害部位。钓大鱼时,要特别注意技巧的运用,要冷静,不要慌张,把竿竖起

来,呈 60°~90°倾角,尽量让鱼与岸平行横向游动,不要让它游向正前方成拔河状,要充分发挥竿尖的弹性作用,绷住,待鱼筋疲力尽时,将其捞上岸来。

⑤ 注意安全。最好是多人结伴,结合郊游活动,不仅能相互照应,更能增添情趣。有风湿痹症患者应注意防潮防寒,以免加重病情。

15. 养鱼之乐

俗话说："金鱼一缸，胜似参汤"。说明了家庭饲养金鱼对健康很有好处。工作劳动之余，悠闲于鱼缸、鱼池旁，观赏品味水中的金鱼其优美的体态、绚丽的色彩、妖娆的游姿，精神为之一振，令人陶醉而心旷神怡。

人工饲养金鱼始于南宋，至明代则广为普及。开始在皇帝御花园设置养鱼池饲养，供人玩赏；接着一些达官显贵也在私人庭园中造池养鱼；此后，

图11　养鱼之乐

平民百姓中的金鱼爱好者也逐渐增多。宋朝的大文学家苏轼在访西湖南屏山兴教寺和尚的诗中说："我识南屏金鲫鱼，重束倚槛散其余。"这里的金鲫鱼就是金鱼。这说明金鱼成为人们喜爱的观赏鱼至少已有近千年历史了。

金鱼是由鲫鱼演化而来的，它所以成为今天这样五彩缤纷、体态迥异、千姿百态，那是近千年的人工喂育与选择、变异的结果。除养金鱼外，近40年来，家庭养鱼又新兴了一个品种，这就是养热带鱼。热带鱼花纹美丽，色泽鲜艳，养热带鱼和养金鱼有着异曲同工的乐趣。

(1) 养鱼赏鱼，陶然怡情

养鱼包括赏鱼，养鱼的情趣最佳，养鱼的人能在逸乐中达到养生，首先是陶冶情操，从中得到美的享受；其次是从中可以得到乐趣，升华思想，丰富业余生活；再次是养鱼、观赏鱼又是一项轻微的体力活动，可以使人在极有趣味的劳作中不知不觉地得到身体锻炼。

而观赏鱼趣，历史就悠久了。早在先秦时代，有两位哲人一同观鱼，面对着"海阔凭鱼跃"，其中一位羡慕不已，脱口赞叹："鱼真快乐啊！"另一位问："你又不是鱼，怎么知道鱼很快乐呢？"那位感叹的人反问道："你也不是鱼，你怎么断定鱼不快乐呢？"可见自古以来"观鱼"就是人们乐而不疲的活动之一，而且由观鱼而发的浮想联翩更是为人们所乐道。鱼在水中游的悠然自得之态，足以使人乐而忘忧，消解生活、学习、工作中所带来的疲劳之感。鱼在奇山异石绿嫩的水草中悠哉游哉，不亚于一首诗，不次于一幅画。更有妙者，鱼，又是天地间造就的灵气，使人不由得浮想联翩，奇趣横生，妙想偶得。

养鱼赏鱼主要包括赏鱼、赏器、赏景三个方面。赏鱼，主要是从鱼的形态、色泽、姿态等方面来欣赏其美。赏器，即观赏饲养盛器，有直接赏器和间接赏器之说。直接赏器就是观赏盛器的工艺水平；间接赏器是对盛器的色泽衬托鱼的体姿，使之色泽更为艳丽，姿态更加动人。赏景，就是观赏景物对鱼的陪衬美。赏景也分两种，一是以鱼衬景，即将景物置于水面，鱼置于水中，使人既能赏景又能赏鱼。二是以景衬鱼，主要是用于水族箱内置景。因水族箱赏鱼，通常以侧视为主，在四面通透的玻璃盛器中，山石水草之景衬托得鱼格外增姿添彩。景与鱼，静动自如，富有天然奇趣。同时，在养鱼、赏鱼的过程中，审美的情趣会逐渐开发。

现代医学研究表明，观赏金鱼有益于人的身心健康。有人测定，每天观赏金鱼半个小时，可使体内的去甲肾腺素增多。去甲肾上腺素是一种激素，能提高大脑皮层的兴奋性，增强大脑与身体各部位神经之间的联系，改善精神状态，调整内脏器官的功能。更为有趣的是观赏金鱼能防治慢性疾病。在国外，有疗养院做了这样的实验：让患有神经衰弱、抑郁症、癔症、高血压的病人，分成两组：一组单纯药物治疗；一组单纯药物之外，让病人每天观赏金鱼三次。结果表明，后者的疗效提高了一倍以上，而且还受到广大慢性病患者的欢迎。为什么观赏金鱼会收到如此神奇的疗效呢？原来，金鱼生性活泼好动，姿势优美。它们在清澈的玻璃缸中游弋，或向上翻滚，或向下俯冲，或互相追逐，或相互嬉戏，会把观赏者带到一个美好的世界，感到心旷神怡，乐趣无穷。情舒百病除，人的精神状态一经改善，疾病自然获得缓解。

当今，虽然城市里的楼越盖越多，越盖越高，但一般市民的居住并不宽敞，养别的动物有困难，但养鱼的条件还是有的。不妨腾出一些空间，养点观赏鱼，以提高生活品位，丰富文化内涵，调剂精神，增进健康，何乐而不为呢？

（2）养鱼方法小知识

① 挑选金鱼：要注意选择那些体形圆、短、宽、粗，鳍、尾无残缺，颜色鲜艳纯正、鳞光耀眼，单色无杂、花色斑斓的。凡是体色灰暗、离群独游、痴呆沉底、身上有点状或块状白膜、鳃丝上有白点、体表有外伤或鳞片大面积脱落的，那大体是病鱼或负过伤的鱼，这样的鱼不要购买。

② 选好容器：家庭养鱼可依居住情况来确定容器。居住条件宽敞的，可用大型鱼缸饲养较多的金鱼于庭院之中；居住条件一般的，可用一两个水族箱或一两个玻璃缸养若干尾金鱼于居室之内。放在庭院养的，一般用瓦缸，选择圆形，口大、底小；放在室内的，一般用玻璃缸为好。但无论何种容器，关键是要求水体与空气接触面大，使鱼获得较多的氧气。容器大小既要保证金鱼有足够的活动空间，又要照顾到换水、刷洗时便于搬动。

③ 水源与换水：鱼儿离不开水，养金鱼讲究一个水清鱼鲜。饲养金鱼的水，通常可以用湖水、河水、自来水、井水和泉水等。湖水和河水中含有各种寄生物，应先进行消毒后，才能用来饲养金鱼。一般城市养鱼用自来水，千万不要立放立用，要将自来水置于干净的容器内，在阳光下晒两三天，以便沉淀水中的氯，并使水温上升。金鱼多在水的中层活动时，说明水质好。

换水的方法有两种，一是全部换水，可数日一次；一是部分换水、需天天进行。换水时，动作要轻，先用纱布网把水面的污物捞干净，再轻轻转动鱼缸，使水底的污物集中在一起，用吸管将污物带水吸出，每次吸出的水不要超过全部水容量的1/3，污物吸出后，剩下的水就基本洁净了。换水时要注意保护鱼体，不使碰伤。

④ 投喂饲料：金鱼系杂食性鱼类，可供家庭养鱼用的养鱼饲料很多。动物类的饲料有红虫、小球藻、丝蚯蚓、熟鸡蛋黄等；植物类的饲料以熟面条、饭粒等为佳。投饲时要严格定好食量，不宜过多。一般每日投饲2次，上、下午各一次较好。每次投饲之后，要根据金鱼是否能在1小时内吃完，同时参照鱼粪颜色，判断金鱼消化吸收情况，以确定下次投饲量的增减。若鱼粪呈绿色、棕色或黑色，表明金鱼摄食适度，消化吸收良好。如呈白色、黄色，则表明金鱼过饱，需停饲或减少投饲量。

⑤ 防治病害：如患有白点病，可将病鱼用1/1000的红药水浸洗，每次2小时，隔离饲养，一般浸洗3～5次即可痊愈；对患有水霉病的金鱼，先将鱼身上的棉絮状的毛状物轻轻剔除后，放在呋喃西林溶液中浸洗，每次2小时，3～5次后即可痊愈。另外，若阳光照射不足，可致鱼体衰弱引起鱼瘟。因此平时要让鱼多晒太阳，增强鱼的抗病能力，从而达到预防的目的。

16. 花 卉 之 乐

花是大自然的精华，是美的象征。鲜花以其艳丽的色彩、婀娜的姿态、宜人的芳香，对人的身心起到美化、净化的作用。花卉不仅能令人赏心悦目，而且有很多花卉具有一定的药用价值，同时养花种花也能活动筋骨，健体养生。因此花卉是人类的朋友，赏花、用花、养花是一项有益于身心健康的休闲娱乐活动。

(1) 赏花怡情，乐花者寿

自古以来，鲜花就以其特有的色、香、韵、姿赢得人们的喜爱。各种不同的花卉具有不同的审美情趣，给人们带来不同的情感体验。

花能言志。如花中四君子，梅，象征着独傲霜雪；兰，象征着隐逸君子；竹，象征着高风亮节；菊，象征着谦谦君子。其他诸如荷花则象征着高雅净洁；牡丹则显示着雍容华贵。至于花卉枝叶的绿色，则象征着生命，给人以安全宁静之感。置身于花的世界使人感到清幽温馨，精神爽适。

花能悦目。花态美艳绝伦，当您劳累烦闷之际，或漫步公园花丛，或一瞥案几盆景，看到如鸟似蝶，如钟似管，如杯似盏，形态各异、五彩缤纷的花朵往往会精神一振，烦恼顿失。

花能解语。花香馥郁，花亦如人，观之闻之似能解人苦闷。淡香仿佛在轻轻地诉说，浓香犹如在欢愉地歌唱，芳香恰似在唤起美好的回忆，幽香好像在安抚烦乱的思绪。千姿百态，在和人们进行情感的交流。

"乐花者寿"，科学考察发现，凡山清水秀、芳草鲜美的"自然花园"，大多是"长寿之乡"。当今城市环境污染严重，要改变这种状况，促进人们身心健康，家庭养花是现代生活里必不可少的。

清代享有"一代文星兼寿星"的袁枚，官场失意时才40来岁，后辞职归乡,客居江宁(今南宁),筑园林于小苍山,取名"随园",从此爱上花木,"或栽雨后花,或铲风中草",精心培植,使"随园"成了当时江宁一带著名的园林。一乐解千愁,宠辱皆忘,到了晚年,仍"八十精神胜少年"。中、老年人,往往由于各种得失因素,容易引起心理失衡,甚至影响健康。养花可起到调整心态、平衡心理的作用。养花人常受良性刺激,自然怡然自得,心情舒畅。

大多数花卉通过光合作用,可吸收多种有害气体,吸附粉尘净化空气。如米兰、兰花、丁香、仙人掌、天竺等皆能有效地净化空气;吊兰、虎尾兰、鸭跖草可吸收居室内的油漆、涂料、黏合剂、干洗剂等释放出的甲醛、苯等有害气体;有些花卉的分泌物和气味还有驱虫、杀菌、消毒的"特异功能"等,这对保护人的身心健康,特别是对老人,小孩更有很多好处。

养花赏花,可兴奋大脑神经,使大脑血管处于经常性的舒展活跃兴奋状态。不同色彩的花朵,常产生不同的情绪刺激效果。黄、橙、红三色能给人以热烈、兴奋、温暖的感觉;白、青、蓝等色则能给人以舒适、清爽和心情愉快之感。而各种花香,宋代以后的医家已经广泛认识到其具有醒脾怡神之功,现代研究表明芳香疗法可以增强人的免疫功能,使大脑细胞得到良好保养。

我国十大名花都有药用价值。如菊花既可茶用又可药用。杭菊泡茶可以解渴、养肝、明目,常饮对长寿大有益处。药用菊有消炎、降压、防冠心病、心绞痛的作用。花卉药用,采集方便,使用简单,又省开支。例如常见的腮腺炎,用仙人掌捣烂外敷即可退烧消肿而痊愈。

(2) 巧用花卉保健康

花中含有的芳香油是一种既能净化空气,又能杀菌、灭菌的物质。据称三国名医华佗,曾将丁香、香草、檀香等置于丝绸袋中,悬挂于室内,让人嗅闻,以治肺痨。当芳香油的气味和人的鼻腔内的嗅觉细胞接触时,通过嗅觉神经传递到大脑皮层,使人产生"沁人心脾"的快感。不同的花朵因含有不同质的芳香油,对人产生的影响也各异。如萝卜花、南瓜花、百合花的香味,有益于糖尿病患者;天竺花可镇静安神,促进睡眠;荷花的香味能消暑;豆蔻花的香味能和胃。

象征爱情的玫瑰花,花味芳香,具有理气解郁、散瘀调经之功效,常用于肝气郁结、气血不和引起的乳腺增生、乳房胀痛、月经不调、女性荷尔蒙分泌低下等妇科疾患。另外,人们常用"面若桃花"一词来形容女性面色红润、美丽动人。据药理分析,桃花中含有的萘、香豆精、三叶豆苷等有机成分能疏通经脉、改善血液循环,促进各种营养和氧对皮肤组织的供给。中医认为,桃花有活血通便利水之功效,能够有效地促进机体的代谢和体内毒素的排泄。因此,桃花无论外用还是内服都有很好的润养皮肤、美容养颜的功效。通常取桃花 250 克、白芷 50 克,用白酒 1000 毫升密封浸泡 30 天,每日早晚各饮 15 毫升。同时取其少许倒在手中,两掌搓至手心发热,来回揉擦面部,对于祛除面部色素沉着、黄褐斑、黑斑、脸色晦暗等颜面疾患有一定效果。

(3) 养花方法小知识

养花既能调节生活,增添乐趣,又可美化环境,同时养花需要进行移盆、换盆、松土、施肥、浇水、剪枝等活动,因此它也是一项很好的户外健身运动。

历史上很多养生家都有养花、种花的习惯。如清代著名养生学家曹慈山在他的《养生笔记》中写道:"院中植花木数十本,不求名种异卉,四时不绝便佳。"据载,他在院内垒土为山,广植树木,并且"阶前大缸贮水,养金鱼数尾"。其花卉养生之趣,可见一斑。

现代社会随着人们生活水平的提高,越来越多的人喜爱种花、养花。在庭院或阳台,种植花木,盆栽花卉,适合个人家庭养植的花卉品种有很多。有绚丽多彩的赏花植物,如月季、君子兰、菊花、仙客来等;有四溢飘香的芳香植物,如米兰、茉莉、兰花、水仙等;有清新优雅的赏叶植物,如文竹、吊兰、黄杨、万年青等;也有果实累累的观果植物,如石榴、金橘、香橼等。

养花是一项富有情趣的活动,但要养好花,还要掌握以下养花的一些基本知识:

① 选花:首先应根据自己的居住条件选择适当花卉。一般来说,庭院的环境适合养植多种花卉,而阳台或窗台上阳光充足,通风干燥,适宜选择喜光耐旱的品种,如仙人掌、月季花、扶桑、茉莉、海棠、倒挂金钟、柑橘等。其次还要考虑养花者的时间情况,例如对于那些时间比较紧张没有过多空闲打理的上班族,可以选择文竹、吊兰、石榴、刺梅、米兰等适应能力强易于管理的品种。

② 日照:无论什么花都需要一定的光照时间,不可终日不见太阳。但新种植的花则要避免烈日曝晒。遇有大风时,最好将盆花搬进室内,以免被风吹折。

③ 换盆:花草生长到一定程度,就要换大一些的盆。盆土最好用混合土,即由腐殖土、草木灰土、黏土等拌和而成的土,以保持土壤的肥力、疏松度。

④ 浇水:浇水过多,会造成植物烂根;浇水过少,又会使植物干枯。生长期要勤浇水,浇透水,以盆土全部湿润,流出盆底为度。冬季要少浇水,早晨浇;夏季要多浇水,晚上浇。盛夏时节或冬季室内有暖气的盆花还应用喷

壶洒水浇洗。有的花叶面多沟纹,最好擦洗,叶面有毛的花则用软毛刷先刷灰土再喷洒水。对水仙花之类,应经常保持足够水分,最好是在花盆下面放一盆水。浇花的水可用江河水、雨水、雪水或放置一定时间的自来水。

⑤ 施肥:要使花卉有足够的养分,就必须适当地施肥。在花卉生长期、开花期可每一二周施一次肥(生长期可施硝酸铵、硝酸钾;开花期则施过磷酸钙、硝酸铵、硝酸钾的混合肥液);平时,可用豆饼、蹄片发酵后的肥液。如用育花灵等肥片,则按说明书规定施用。施肥时,一定注意先浇透水后再施肥。新移栽的花卉或病株,可暂不施肥。施肥切忌过量,以免适得其反。

⑥ 防害:花卉一旦遭病虫害,首先就应与其他花隔离开,并将病叶摘除,再喷洒除虫药剂。常用除虫药剂有敌敌畏、敌百虫等。将药品按1：2000 到 1：4000 浓度稀释后予以喷洒。除了种花养花,有条件者还可以于庭前院后置一方田圃,用来栽种蔬菜瓜果,既能调节生活,又可锻炼身体。闲暇之时,在一片菜香水气中,松松土,拔拔草。劳作之余,看看自己以辛劳和汗水换来的劳动成果,心情无比舒畅,亲身感受陶渊明“采菊东篱下,悠然见南山”以及孟浩然“开轩面场圃,把酒话桑麻”的田园之乐,使自己的生活充满情趣,这对养生延年十分有益。

17. 音 乐 之 乐

音乐是一种高尚的娱乐活动。它通过一定的旋律、节奏、音色、力度、和声等多种要素构成音乐形象，作用于人们的听觉，唤起人们的美感，使人消除疲劳，安定情绪，净化心灵，陶冶情操，振奋精神。

具有养生保健功能的音乐应该是文明健康、美妙动听感人的音乐，而那些消极颓废的音乐，却不利于人们的身心健康，古人称之为"伐性之斧"。爱因斯坦终身学习

图 12　在音乐中寻找快乐

与研究的一是音乐，二是物理。他 6 岁开始学习小提琴，并深有体会地说："红花再红，也要绿叶配；人生再美，也需艺术伴随"。在大学的时候，他和艾伦菲斯特常常演奏巴赫、海顿、莫扎特、贝多芬的乐曲。在他研究相对论的日子里，每当他的思绪遇到障碍时，就走到钢琴旁，弹奏几个清澈而富有逻辑的和弦，让音乐的声音帮助自己推开未知的大门。

（1）音乐怡情，促进健康

音乐能陶冶人的情操。我国著名音乐家冼星海说过："音乐是生活中的一股清泉，是陶冶性情的熔炉。"《论语》中记载了孔子当年在齐国听了"韶乐"后产生"三月不知肉味"之感。一首优秀的音乐作品，能开阔心胸，使人们心灵中崇高的意念得到进一步升华。如歌曲《黄河颂》，以磅礴壮阔的气势，质朴深沉的旋律，把听众带到了俯瞰黄河雄姿的高山之巅和一泻万丈、

89

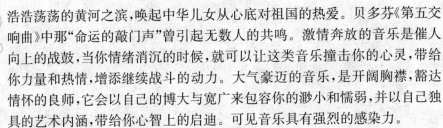

浩浩荡荡的黄河之滨,唤起中华儿女从心底对祖国的热爱。贝多芬《第五交响曲》中那"命运的敲门声"曾引起无数人的共鸣。激情奔放的音乐是催人向上的战鼓,当你情绪消沉的时候,就可以让这类音乐撞击你的心灵,带给你力量和热情,增添继续战斗的动力。大气豪迈的音乐,是开阔胸襟,豁达情怀的良师,它会以自己的博大与宽广来包容你的渺小和懦弱,并以自己独具的艺术内涵,带给你心智上的启迪。可见音乐具有强烈的感染力。

音乐能净化人的心灵。细腻婉转的音乐,如同安抚心灵的功夫茶,这类音乐以婉转低回的旋律,萦绕在你耳边,并能在你周围的空间,营造出一片温柔的氛围,细品之下,似有馨香从乐间流淌而出,凌乱的心绪于瞬间得到整理。让我们品味一下家喻户晓的经典名曲《春江花月夜》给我们心灵带来的美感:该曲共分 10 段,分别为"江楼钟鼓"、"月上东山"、"风回曲水"、"花影层叠"、"水深云际"、"渔歌唱晚"、"洄澜拍岸"、"桡鸣远濑"、"欸乃归舟"和"尾声"。音乐起始,琵琶声轻拨慢挑,奏出了悠然韵鼓,远处似有钟声回响,那是箫和古筝营造的意境。接下来主题曲调回响耳畔,时而轻柔舒缓,时而荡气回肠;透过流动的乐章,似乎让人置身于江水之滨,抬头可见月夜,低头可见水流,江水中有渔舟飘荡。在涌动的涛声中,似有水鸟在云际争鸣。之后乐曲进入高潮,曲调由慢而快,乐器由少而多,多种乐器共同营造出了渔舟晚归的欢快氛围,随后曲调又变得飘逸轻柔,最终在听者的无限思绪中渐渐消失。聆听如此优美动听的旋律,使人忘记烦恼,志畅情舒,百脉流畅,心灵得到净化。

音乐能增进健康。角、徵、宫、商、羽是古代音乐中的五音。古人认为由于其声波震荡的不同效应分别对人体的生理功能和情志活动有不同的调节作用。角音条畅平和、善消忧郁、助人入眠;徵音抑扬咏越、通调血脉、抖擞精神;宫音悠扬谐和,助脾健运、旺盛食欲;商音铿锵肃劲、善制躁怒、使人安宁;羽音柔和透彻、发人遐思、启迪心灵。正因为音乐能帮助人们抒发内心情感,满足人们宣泄情绪、表达愿望的需求,因此对人的健康十分有利。

现代医学研究表明,音乐的活动中枢在大脑皮层右侧颞叶。轻松欢快的音乐能促使人体分泌有益于健康的激素、酶、乙酰胆碱等活性物质,从而调节血流量和兴奋神经细胞。音乐能改善人的神经系统、心血管系统、内分泌系统、消化系统的功能。另外人体器官活动都有一定的频率。音乐旋律的起伏变化,是有规则的声波震动,能引起人体组织细胞发生和谐的共振,对组织细胞起到一种微妙的"按摩"作用。儿童多听健康向上的乐曲,能促进大脑发育,有助于智力的开发。老人经常聆听幽雅的古今乐曲,能推迟大脑的老化。孕妇经常聆听优美动听的音乐,不仅可使胎儿大脑发育良好,而且可以减少孕妇怀孕期间的诸多不适感,并有助于顺利分娩,减少疼痛。听音乐能陶冶性情,健身治病,已日益为医学界重视和应用。

音乐能使人长寿。据调查,在各种职业中,乐队指挥被称作"长寿职业"。世界十大音乐指挥家中已故去的 7 位,其平均年龄为 84 岁,其中托斯卡尼尼享年 90 岁,斯托科夫斯基享年 95 岁,瓦尔特和奥曼蒂均享年 86 岁,并且他们的艺术活动一直伴随到生命的终点。音乐指挥家在工作时,一方面沉浸于优美的旋律中,同时其手臂的协调动作,又将其内心丰富的情感体验予以酣畅地表达和宣泄。这种由音乐引起的心理、物理双重作用使得音乐指挥家健康长寿。音乐是人的精神食粮,生活中不能没有音乐。

(2) 音乐欣赏方法小知识

繁忙的工作之余,听听音乐,使脑子休息一下,实乃惬意之事。有人在吃饭的时候,喜欢一边吃一边听音乐,也有人在看书时,喜欢一边放着音乐一边看书,但是很多时候人们都只能说是"听音乐",而谈不上"欣赏音乐"。

听音乐,只是让音响刺激我们的听觉。虽然欣赏音乐也必须首先要让音响刺激我们的听觉,然而它仅仅是欣赏音乐的第一步,它和欣赏音乐还有着质的差别。如果只停留在"听音乐"这个最初级的阶段,我们不可能受到音乐的感染和熏陶。也达不到陶冶性情、高尚情操、激发斗志、健身治病的高级目的。我们必须从听音乐开始,进而升华到欣赏音乐中去。

欣赏音乐的基础就是"听音乐",在此基础之上,要发挥联想与想象。欣赏音乐的时候,一定要注意力集中,用心去听,一面听一面进行联想或想象。例如,当你听一首有标题的叙事性较强的乐曲时,你就联想这乐曲所描绘的具体故事情节。如贝多芬的《田园交响曲》所描绘的情节就比较具体。当然,也有不少乐曲并不具有具体的故事情节,而只是反映人们错综复杂的感情。当你听到这种乐曲的时候,其想象可不受任何限制和束缚,也就是随意想象。要有丰富的想象力,就必须同时加强对文学和绘画的修养以及丰富自己的生活阅历。当你听抗战时期的革命歌曲时,由于没有那段生活经历,就难以产生联想,所以在这方面就需要补课。当听一首乐曲时,你可以回想曾经见过的一张绘画;或者回想某本小说里的一段情节,或者回忆在郊游时见到过的一幅自然景色。了解作曲者的生平,也可以帮助我们进行想象。

有时候很难把所想象的东西,用适当的少量语言表达出来,即所谓"只能意会,不能言传"。这种情况是常有的,但并不能因此就说"音乐就是音乐,它不表达什么"。不管是标题音乐,还是无标题音乐,它们都是表达感情的,它们都有一定的内涵意义。真正的欣赏音乐,还不能停留在联想与想象阶段,还要更进一步地进到理性阶段。在一般的认识论中,感觉到的东西,

17. 音乐之乐

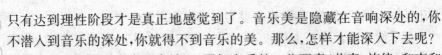

只有达到理性阶段才是真正地感觉到了。音乐美是隐藏在音响深处的,你不潜入到音乐的深处,你就得不到音乐的美。那么,怎样才能深入下去呢?

首先要对音乐有个基本认识,了解音乐的一些要素(节奏、旋律、和声和音色),了解音乐的结构形式,在这个基础上,对音乐作品的内容和其社会意义进行理性认识。贝多芬说:"自由与进步是艺术的目标,如在整个人生中一样。"舒曼说:"世界上发生的一切,政治、文学、人类都使我感动,对于这一切我都按照我的方式进行思考,都通过音乐来发泄。"在音乐欣赏中,由于音乐作品的体裁、种类不同,理性认识的表现形式也会有所不同。在声乐作品中,理性认识就表现得比较直接和明显。对器乐音乐欣赏,理性认识则呈现出比较复杂的情况。除去了解作者的生平外,还要了解作者所处的时代环境。例如欣赏柴可夫斯基的《第六(悲怆)交响曲》时,就要了解在沙皇专制统治下俄国的黑暗现实,以及那时一些向往自由的俄国知识分子如何深陷在苦闷、彷徨的精神状态之中。

在音乐欣赏中,既要"入乎其中",又要"出乎其外"。正如美国作曲家柯普兰所说:"从某种意义上来说,一个理想的音乐听众同时既置身于音乐之中,又置身于音乐之外;既评判它,又欣赏它。"在实际的音乐欣赏中,我们往往会发现欣赏者一边欣赏一边发出感叹和议论。例如,乐曲美与不美,表演水平如何等。

不同类型音乐有各自的特点,欣赏起来也有区别。古典音乐的特点是旋律优美,流畅自然,感情丰富,思想深邃。欣赏约翰·斯特劳斯的圆舞曲《蓝色的多瑙河》,可使人消除烦恼,对生活充满热爱之情。欣赏莫扎特的摇篮曲、门德尔松的《仲夏夜之梦》,可消除疲劳和紧张情绪,使人进入甜蜜的梦乡。民族音乐包括传统的民间音乐、戏曲音乐以及新创作的民族乐曲。欣赏广东音乐,应把握其音色清秀明亮、曲调流畅优美、节奏活泼明快的特点;欣赏江南丝竹,应把握格调清新秀丽、曲调流畅委婉、富有情趣韵味、和谐而又活泼的特点;欣赏戏曲音乐,应了解剧种的基本曲牌特征,对传统戏曲的声腔特点也应有所了解,这样对欣赏民族音乐很有帮助。流行音乐的特点是优美动听,节奏明快、现实性强、生活气息浓烈,直接反映人们的各种情怀,欣赏健康的流行音乐,可使人在轻松、柔情的气氛中缅怀幸福的往事,体味人间美好的情感,激起对生活的热爱和追求。小夜曲的内容大多是歌唱爱情的,旋律恬美,速度缓慢、节奏平稳、具有强烈的抒情色彩。小夜曲最初往往用吉他、小提琴等弹拨乐器伴奏,以后一般用钢琴或小乐队伴奏,但也往往模仿吉他、小提琴的演奏特点和音响效果。最初的小夜曲多为歌曲,后来作曲家们也写了不少器乐的小夜曲,在情绪和结构上与声乐小夜曲都很相似。

18. 舞 蹈 之 乐

舞蹈既是一门高雅的艺术,又是深受人们喜爱的休闲娱乐养生活动。据《吕氏春秋·古乐》记载:早在远古的陶唐时代,洪水泛滥,人们因受阴寒潮湿,筋骨酸痛,活动不利,于是就创造了一种舞蹈,以舒展人体的筋骨,起到解郁健身的作用,说明舞蹈的诞生一开始就与人类的养生保健有着直接的关系。

(1) 翩翩起舞,塑形保健

舞蹈,在优美的音乐旋律中,通过肢体、身躯的运动,以动作语言表达情感,既轻松欢快,又可运动关节,流通气血,从而收到轻身健体,促进消化,消除疲劳,祛病益寿的养生效果。

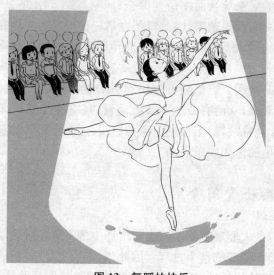

图13 舞蹈的快乐

舞蹈养生包括舞蹈欣赏和自舞自娱。古今大部分舞蹈是供人欣赏的，如唐代的《霓裳羽衣舞》、《七盘舞》等，以及具有各民族特色舞蹈，如汉族的花舞、鼓舞、狮子舞；苗族的芦笙舞；土家族的摆子舞；傣族的孔雀舞等。舞蹈的创作者通过音乐、舞台、美术等艺术手段在一定的空间塑造美的形象，调动观众内心情感，使观者情绪得到宣泄和调节，从而有益于身心健康。

自舞自娱则是通过自我参与，舞之蹈之以达到调节身心的养生娱乐活动。有人根据阴阳学说将舞蹈分为阳刚态和阴柔态两大类。阳刚类舞蹈一般节奏较快，动作刚健有力，如年轻人喜爱的街舞，以及我国山西的威风锣鼓等。这类舞蹈热情奔放，节奏明快，富有感染力。当人们随乐起舞，一方面使舞者的情绪得到宣泄而精神欢乐，同时其有节奏的抖动如同自身按摩，使全身肌肉血管得到了锻炼，具有很好的健身作用。阴柔类舞蹈节奏舒缓，音乐委婉动听，动作柔和松软，因此比较适合于中老年人及体弱者，如华尔兹、探戈，以及我国古代的宫廷舞蹈等。

跳舞有助于健美。舞蹈是将运动揉于音乐，以音乐调配运动的形体艺术。舞姿翩翩，腰身扭动，加速了周身的血液循环，促进了新陈代谢，使全身的肌肉、肌腱、关节得到锻炼，对胸廓、腰背、臀部、四肢具有很好的健美功能。在紧张的工作学习之余或晚餐之后，轻歌曼舞于三步、四步或节奏明快的迪斯科之中，不仅使自己沉浸于美的享受中，还可以使身体的各部位都得到了锻炼，从而能保持健美的体形。

跳舞能调节情绪。科学家研究证明：优美健康的音乐舞蹈，能使人的大脑皮层产生新的兴奋灶从而使精神振奋；同时舞蹈要求外部形体与内心情感通过音乐节奏而获得默契，因此舞蹈也是一种很好的心理疗法，可以使紧张的情绪得到松弛和缓解，从而有效地预防老年性抑郁症等多种精神性疾病。

跳舞能预防疾病。当你随着悠扬动听的旋律舞蹈时，机体能分泌一些有益于健康的激素，从而有效地调节血流量，兴奋神经细胞，改善身体各部分的功能，因此经常跳舞，不仅使人精神愉快，还能预防各种身心疾病，确是一项有利于养生的休闲娱乐活动。

（2）舞蹈欣赏简介

舞蹈欣赏，是人们观赏舞蹈演出时所产生的一种精神活动，是对舞蹈作品的感受、体验和理解的整个过程。因此，它本质上是一种认识活动。但它又不同于一般的认识活动，而是一种特殊的对舞蹈作品的认识活动。舞蹈欣赏,就是观众通过舞蹈作品中所塑造出的舞蹈形象,具体地认识它所反映的社会生活、人物的思想感情、以及舞蹈作者对这种生活现象的审美评价。观众在欣赏舞蹈作品的过程中往往会联系自己的生活经历,引起情感上的共鸣,激发起记忆中有关的印象、经验,以及一系列的想象、联想等形象思维活动,来丰富和补充舞蹈作品中的舞蹈形象,使其更加完整、生动和鲜明。从而能在观赏舞蹈作品的过程中体会到更加宽广的生活内容和深刻的思想含义。

人们进行舞蹈欣赏这种审美活动,首先必须具备一定的主观条件,也就是说要具有一定的舞蹈知识、舞蹈欣赏水平和认识能力,舞蹈欣赏活动才能正常和顺利的进行。这正如马克思所说的那样:"如果你想得到艺术的享受,你本身就必须是一个有艺术修养的人。只有音乐才能激起人的音乐感";"对于不辨音律的耳朵来说,最美的音乐也毫无意义,音乐对它说来不是对象"。所以,我们了解舞蹈艺术的特性、舞蹈和其他艺术的关系、舞蹈形象构成的各种因素,及其产生的过程等,就非常必要了。在前面我们曾谈过,舞蹈是以经过提炼、组织、美化了的人体动作为主要表现手段,表现人们的情感和思想,反映社会生活的一种艺术。从舞蹈作品诉诸欣赏者的感觉特点来看,它是一种综合了听觉(时间性)和视觉(空间性)的表演艺术。

(3) 学习舞蹈时的注意事项

在学习舞蹈的过程中我们需要注意以下几点:

① 激发自己学习的积极性,坚持训练,确定舞蹈是为了健身、美体、塑造健康身心的手段。

② 抓住舞蹈的关键特性,要善于抓住各种舞蹈风格的特性,使自己能够准确掌握舞蹈语汇的表达内涵。例如:蒙古族舞蹈典型特征是热情勇猛、强健有力,最典型的动作有马步、硬肩等。

③ 融感情于舞蹈中,将生活中的所见所闻,巧妙地运用舞蹈词汇表达出来。

④ 勿酗酒后进行任何健身锻炼。锻炼前后一小时之内,不宜进餐过量,适量为好。

⑤ 正式学习舞蹈前热身的必要性。如果学习的是专业芭蕾而不是形体芭蕾的话,老师会有从最简单的练习开始的教程。只要在学习、训练前有适当的热身,一般来说不会受伤。另外,芭蕾形体的动作强度和难度都比较低,受伤可能性也不大。

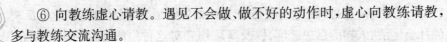

⑥ 向教练虚心请教。遇见不会做、做不好的动作时，虚心向教练请教，多与教练交流沟通。

总之，舞蹈锻炼需要循序渐进，一分耕耘，一分收获，让我们一起挥洒汗水，感受舞蹈的魅力，舞出健康，舞出美丽，舞出快乐的人生。

19. 集 邮 之 乐

集邮是一项深受人们喜爱的文化娱乐活动。自从小巧玲珑的邮票问世以来，就引起了人们极大的兴趣。据不完全统计，全国已有各级集邮组织9000多个，集邮爱好者更是不计其数。随着集邮人群的越来越多，医学界逐渐发现，集邮不但给人们带来了生活乐趣，更给集邮爱好者带来健康，于是，集邮成为一种现代新兴的休闲娱乐保健方法之一。

（1）方寸之间，健康王国

邮票是国家的"名片"，是珍贵的历史文物，是包罗万象的百科全书，是色彩缤纷、图案绚丽、千姿百态的微型艺术品，具有极高的审美价值和收藏价值。

集邮能开阔视野、增长知识，丰富人们的科学文化生活。邮票画面虽小，但涉及的范围极广，既有祖国的锦绣山河，又有世界的名胜古迹；既有生机盎然的鸟兽虫鱼，又有种类繁多的树木花卉；既有历史名人，又有重大事件。使得邮票这一"方寸王国"成了无所不包的大千世界。

图14 集邮的乐趣

集邮能陶冶人们的情操、调节人们的情绪。当一联精美的邮票映入眼帘，美感顿起，妙趣横生，就会忘记一切烦恼，从而使精神振奋，体力充沛，对生活充满了乐观情绪，有助于身心健康。因此,前苏联著名生理学家巴甫洛夫就认为集邮的时间是"充满了真知和发现的最好的休息时间"。他曾对一个医生说:"邮票对我健康起到的作用,比你给我的溴剂还好。"

集邮有助于疾病的康复。集邮的过程中由于精神专注以及集邮带来的良好心境,使患者忘记疾病、忘记痛苦。美好的艺术享受,无疑是促使疾病康复的良药。波兰有位疗养院的医生发现,爱集邮的患者比不爱集邮的患者精神状态好,疾病好得快。于是世界上出现了一种新奇的疗法——集邮疗法,它和音乐疗法、体育疗法、花卉疗法、森林疗法一样,免受打针吃药的痛苦,深受患者的欢迎。

（2）集邮小知识

要享受集邮之乐,必须具备一些相关的基础知识:

邮票的诞生　邮票的诞生,是由于邮资征收对象的改变,不再是收信人,而是发件人付费。这是一种"预付模式"(先付费后使用)。而且邮资的费用可以因此而降低,收费也变得简单起来,通信因此走入寻常百姓家。

邮票的雏形最早出现于 17 世纪中叶。1653 年,法国国王路易十四把在巴黎地区开办邮政的物权赐给维拉叶。维拉叶在巴黎设立了"小邮局",还在街道设立了邮政信箱,每天收取、投递信件。维拉叶采用一种名为邮资付讫证的标签,出售给用户。寄信人把邮资付讫证套在或贴在信封上,写明寄信日期,把信件放入信箱。邮局收取信件以后便把邮资付讫证撕毁,然后把信件投送给收信人。这种邮资付讫证的标签,可说是邮票的前身。这种标签随用随撕毁,没有留传下来。

在 1836 年来自卢布尔雅那的奥地利人劳伦斯·科师尔(Lovrenc Košir)向奥地利政府提出建议,引入邮票简化邮政服务。苏格兰书商詹姆斯·查门斯(James Chalmers)在 1838 年递交了类似的建议。建议可能为罗兰·希尔所采纳,而后者在 1835 年受不列颠政府委托,对邮政进行改革。希尔因此成为邮票使用的倡导人。

由于当时实行的邮政制度有很大的弊端,尤其是邮件免费特权的使用,于是希尔于 1837 年 2 月 22 日出版了一本名为《邮政改革——其重要性与现实性》的书籍,主张取消邮件免费特权,在英国本土邮件重量只要低于0.6 盎司一律只收 1 便士的改革方案,并且由寄件人预付邮资,还提出用一种印刷精美的邮政用品来预付邮资,引起广泛回响。1839 年 7 月 22 日,希尔的邮政改革主张终于在下议院通过。8 月 17 日,该方案获得了维多利亚女王的通过,决定自 1840 年 1 月 10 日正式实行。1840 年 3 月,第一批邮票 240 个邮票模版制作完成,4 月 15 日开机印刷,并于同年 5 月 1 日正式发行,并且在 5 月 6 日生效(但在 5 月 2 日已有人在使用了)。因为其面值 1 便士且用黑色油墨印刷,所以收藏家称之为黑便士(One Penny Black)。这是世界上第一枚邮票。邮票图幅为 19×23 毫米,无铭记,无齿孔,有背胶,有小皇冠水印。

邮票的种类　邮票有很多种。只是因为自其诞生之日起,邮票被赋予越来越多的用途,可分类归纳为:

普通邮票:普通邮票既是最古老又是最为常见的邮票种类。购买普通邮票是交纳邮费的一种方式。普通邮票面值齐全,发行量大,票幅较小,图案比较固定。往往多次印刷,有多种。

纪念邮票:纪念邮票是为某一事件或场合特别发行的邮票。秘鲁在 1871 年值第一条铁路开通之际发行了世界第一枚纪念邮票,之后世界各国纷纷仿效。许多国家将纪念邮票作为自我广告的一种形式。特别是一些小国家,其纪念邮票成为自身财政来源之一。纪念邮票主要面向的是收藏者,因为它们基本上不会用到信封上面。所以比起长期邮票,罕见附有纪念邮票的信件。纪念邮票通常票幅比较大,设计印刷精致,图案丰富,不允许重印,有特定的发售期限。

特种邮票:为宣传特定事物而发行的邮票,基本上只要不是普通邮票和纪念邮票的邮票都属于此类,范围比纪念邮票更加广泛。

福利邮票:又称附捐邮票,是为福利、健康、赈灾、慈善等事业而发行的邮票。其面值分为两部分,一是邮资本身,二是附捐金额。世界最早的附捐邮票是 1897 年澳大利亚新南威尔士州发行的 1 便士邮票,其售价比邮票面值高 12 倍,多余的金额即用于捐赠。

公务邮票:公务邮票是政府机关单位用于支付公务邮件所使用的邮票。因此在一般邮局是不会看到有公务邮票出售的,而且它们也不能用于普通邮寄。

航空邮票:航空邮票适用于空运邮件,因此也被称作"空运邮票"。但它们只能用于空运邮件,普通邮递是不能使用航空邮票的。自 20 世纪中期起,空运邮件成为邮运最重要的手段之一,世界上大部分国家都会发行自己的航空邮票。票面图案通常为气球、鸽子或飞机等。德国和瑞士在 1912 年就引入了第一枚航空邮票。奥地利则是在一战时 1918 年 3 月 30 日发行了第一枚航空邮票。大部分欧洲国家在二战之后废除了航空邮票。现在普通邮票已可用于空运邮件。

欠资邮票:在很多国家存在着欠资邮票,它们用作计算邮寄欠资。工作人员在邮件寄出之前会给邮费投入不足的信件贴上邮资邮票,并且会在邮件交付的时候结清。欠资邮票不能作为邮资预付的凭证,邮局也不销售。世界最早的欠资邮票于1845年由荷属东印度群岛发行。奥地利在1894年发行了第一枚邮资欠票。直到2002年引入欧元时被废除。德国从没有过欠资邮票,只有当时享有邮政主权的巴登和巴伐利亚在1862~1870年发行过欠资邮票。瑞士在1878~1938年间发行过欠资邮票。列支敦士登在1920年与奥地利分开邮政之前一直有用奥地利的欠资邮票。在之后它先是发行奥地利货币欠资邮票,又在1940年转成瑞士货币的。中国最早的欠资邮票发行于1904年4月1日,1956年停用旧币后就再没发行。

电子邮票:根据邮资大小,由自动贩卖机打印不同面值所出售的邮票,又称自动化邮票。这种邮票无齿孔,无背胶,有的上下两边各有两个半圆形凹槽。1981年德国发行了首套电子邮票,面值可根据需要分档选择。

信销票与盖销票:盖过邮戳的邮票按其状态可分为两类,分别是信销票和盖销票。信销票指的是实际寄过信,作为邮资使用过的邮票,也称实销票。盖销票又称特销票,是邮局已表示作为邮资使用过,专为集邮人士提供的邮票。这种邮票比新票略便宜,邮票上邮戳痕迹鲜明清晰,有背胶的保持原胶。

快递专用邮票:专门用来邮寄快信,于1955年在美国首次发行。

挂号邮票:专供在挂号邮件上贴用的邮票。

军用邮票:供现役军人或军事机关减免邮寄费用的专用邮票。世界上最早的军用邮票于1879年发行,发行国是奥匈帝国。

包裹邮票:供寄送包裹贴用的专门邮票,又称包裹印纸。一般不单独出售,只可在寄送包裹付款时由邮局人员将其贴于包裹上并加盖。世界上最早的包裹邮票发行于1879年的比利时。

电报邮票:在发电报时使用,非常罕见,

报纸邮票:专供邮寄报纸和杂志,最早于1852年发行于奥地利。

汇兑邮票:供汇兑的专用邮票,又称汇兑印纸,采用票汇方式办理邮政汇兑业务时,贴在汇票及其核对收据上的汇款金额凭证。有面值,不能作为邮寄邮件的凭证,最早的汇兑邮票发行于1884年的荷兰。

试印票:在邮票正式印刷前,邮局会为了检查效果而先以邮票样式印刷一些样张,是为试印票。

发光邮票:这种邮票因为涂抹了特殊材质,可在暗室内发光。根据发光物质的种类又可细分为荧光邮票和磷光邮票。

加盖邮票:在原有邮票上加盖文字以变更面额而产生的新邮票就是加字改值邮票。这种邮票的出现多是因为政权轮替与物价暴涨,让邮政部门无法跟上变化而导致的。

·**如何集邮**　集邮是一门综合学问,一枚邮票,从图案的内容、意义和审美,到它的设计及历史背景、印刷过程以及制版技术等方面,无不体现着人类智慧的结晶。

集邮非常讲究邮票品相。所谓邮票品相,就是邮票的相貌。衡量一枚邮票的品相有以下几点:新票:票面完整,没有破损,没有折痕,图案端正,颜色鲜艳,不褪色变色;齿孔完整,不缺角;背胶完好。旧票:票面完好,不揭薄,邮戳清晰,邮戳销于邮票一角(约占票面的 1/4 左右),这样的邮票为上品;邮戳轻印不损害票面美观为中品;邮戳重油影响图案美观为下品;如果是研究邮戳,以全戳为好,要能看见邮戳上的地名、年、月、日、时。这主要由收藏的目的来定。在收集邮票时要注意邮票品相,不要用手抓取邮票。用手抓取邮票易折角断齿。手上有汗,接触邮票会使票面失去原来的光泽。要使用镊子。集邮用的镊子尖端扁平、圆滑、无锈、松紧适度。邮票品相好坏,是相对而言的。一般的邮票容易得到,就可以挑选。凡是图案相同的,可以比较一下品相好坏,尽量把品相次的剔出去,把好的收藏起来。如果一枚邮票极为难得,能收藏一枚已经很珍贵了,对品相则不必苛求。倘若非品相好者不取,那么,就很难如愿以偿了。

邮票收集的方法有多种。其一向邮票公司或邮局附设的集邮门市部开户预订。其二通过与亲朋故旧通信收集旧票。其三是与朋友之间互相交换。因此,集邮的过程,也是广交朋友互相帮助共同提高的过程。搜集了一定数量的邮票之后,要按专题进行整理。专题可分体育、风景、历史事件、名人、文物、绘画等。集邮,除了向邮票公司或集邮门市部买一部分新邮票外,还可以从亲朋好友来信的信封上采集。剪的时候不要把齿孔剪掉,剪下来的邮票应放在温水里浸泡 10 分钟,然后轻轻撕下来,用毛笔刷去背面的胶水、糨糊,再用清水漂洗。潮湿的邮票须夹在新闻纸订成的本子里阴干。当然一枚品相好的实寄封以不剪掉邮票将信封完整收藏为妥。

集邮应尽量避免和减少损失。应注意选定收藏目的,缩小集邮范围。必须从自己的收藏目的出发,充分估计自己的收藏能力及今后发展的可能性,选定一二个主题或专题。除此之外,决不涉猎自己范围以外的东西。

稳定收藏宗旨,切勿跟风。邮协会员如果也被短期利润弄得动心了,而又并非真正"下海"经商,往往就弄来成封成沓的既不能寄信又难以换钱的"套牢"物,到头来浪费巨大。

集邮工具要讲究,整理邮品要小心。太廉价的邮册,日久造成邮票泛黄,悔之莫及。镊子一定要高质量,否则会弄坏邮票齿孔。存放邮品的柜子,一定要干燥、避晒,邮册直立、不重压。在江南地区梅雨季节,特别要防止邮册受潮。发现护邮袋上有霉点,必须及时更换。为保护新邮的背胶,必

101

要时应该打开空调对房间抽湿。整理邮票时最易发生的差错是折皱、损齿；有时剪裁衬纸，一剪刀下去，把小型张的边纸剪破一丝一毫，邮品的价值就付诸东流了。

发挥社会效益。写邮文、出邮书、办邮展，都是为了让集邮者的收藏及时发挥社会效益，为更多的集邮者和社会各界服务。

1. 笑 中 求 乐

笑是生活中必不可少的调节剂和兴奋剂，它能有效地缓解来自生活和工作的疲劳与压力。茶余饭后，休闲假日，亲朋好友欢聚一堂，看看喜剧小品，听听相声快板，读读幽默杂志，聊聊轶闻趣事，这样谈笑风生、高高兴兴，人的心情就会松弛下来，疲劳就会一扫而空。

乐观开朗，笑口常开会给人精神和躯体带来双重调节的作用，有利于调节脑细胞的功能，改善血液循环，增强免疫力，促进身心健康。前苏联的别依林博士调查

图15 学学弥勒佛

显示，80岁以上的老年长寿者中，有96%是笑口常开的。因此，要想健康长寿就要会使用"笑"这个工具。

（1）认识一下笑

笑是一种心理状态的表达。一般情况下，笑更多用来表达高兴和快乐，是由人体感官对外界事物或语言的刺激作出反应，进而对脸部甚至全身的肌肉发出运动的命令而产生。笑时不仅会使肌肉发生运动，声带也会随之振动，由此产生笑声。有趣的是，人类是地球已知物种中唯一会笑的动物，而其他哺乳动物露出的龇牙动作并不代表高兴，只是一种挑衅或威慑的

表现形式。到了现代社会,笑在生活中越来越重要了。

在人与人的交往中,轻松、自然的微笑往往是个人魅力的重要组成部分,再漂亮或英俊的人,逢人便绷脸,一丝笑容都没有,或者笑得很勉强,人们终究会对其敬而远之。而一个气质优雅,待人和善,面带微笑的人,总能给与他相处的人以如沐春风的感觉,让人不知不觉中产生亲近感。相传当年文成公主为了安定边疆,出嫁西域,许多奸人暗中阻止并派人加害于她,但一看见文成公主那平静的笑容时,都手软无力,下不了毒手。由此可见,笑的魅力能影响周围人的思想行为,是我们与人交往时必须保持的。

当今,随着人们工作、生活的压力越来越大,人们的笑容越来越少。许多人腰缠万贯,却悲哀地发现,自己的快乐丢失了,平常没空笑,有空的时候不会笑。最终结果往往是,等自己真正空闲,能够审视自己的健康状况时,发现健康已经离自己远去,紧张和缺乏快乐的生活让自己百病缠身,人走到了该笑却笑不出来的地步。当前在社会物质生活极大丰富的背景下,城市人的健康状况却不尽如人意,这与高压力下人的笑容的丢失有很大的关系。可见,在现代社会中,笑是越来越重要了,会笑的人才有健康。由此,很多笑的事业也应运而生,如笑电台、笑电话、笑比赛、笑学校、笑医院等。作为一个现代人,学会笑是应对、消减压力,保持健康的重要方法。

(2) 笑是天然的良药

笑是精神爽快、心情舒畅的表现,对人体有多种良好作用,是天然的保健良药,清代有首《祛病歌》,其中有:"心病还须心药医,心不快乐空服药,且来唱我快活歌,便是长生不老药。"一个人精神愉快,豁达开朗,身体就会健康,反之,精神萎靡,烦恼悲凉,疾病就会乘虚而入。

人生来就会笑,但很少有人知道,笑也是一种很好的健身运动。每笑一声,从面部到腹部约有80块肌肉参与运动。要是笑100次,对心脏的血液循环和肺功能的锻炼,相当于划10分钟船的运动效果。可惜人到成年,每人每天平均只笑15次,比孩提时代每天笑400次左右少多了。对健康来说,这至少是令人遗憾的损失。那么,笑对人体有哪些保健功能呢?

有助美容:笑的时候,脸部肌肉收缩,会使脸部更有弹性。所以有"笑是美容剂"之说。

强心健脑:笑,能使心跳加快、血液畅通,增强心肌功能,同时随着心功能的增强,更多氧气和营养被送进大脑,使大脑皮层兴奋,脑部功能增强。

促进呼吸:笑可使胸部肌肉运动增加,肺部扩张一倍,使呼吸变得深而均匀,还可增强咳嗽的自我保护效应,使支气管腔内的痰液顺利咳出,呼吸道畅通无阻。

防疾治病:笑能缓解紧张情绪,使内心忧虑和压力得到宣泄,有助于治疗抑郁症等心理疾病。一些医生认为,开怀大笑可刺激肾上腺素分泌,使人体免疫力提高,从而增强防病功能。

促进消化:笑可使胃壁张力增大,胃肠道消化液增多,从而使胃肠消化吸收和新陈代谢功能增强,并保持旺盛的食欲。

另外,从社会功能来讲,笑能调节气氛,所以有"抬手不打笑脸人"的说法。笑还有助于推动事业发展,因为谁在事业上精力充沛,谁的工作效率就高。笑可增强机体活力焕发精神,所以爱笑的领导能使人产生信任感,增强信心,调动工作人员的干劲。

可见笑不仅能给人带来欢乐,使生活充满乐趣,而且是治病的良药,健康的朋友。正如医学典籍《素问·举痛论》所说:"喜则气和志达,荣卫通利"。

值得注意的是,虽然大部分情况下,笑是一种内心喜悦情绪的外在表现,但是脸部笑的表情也会反过来影响情绪。大家应该有过这种感觉,即使是装出来的笑容,如果保持一段时间,自己的情绪真的会暂时好转。历史上"相逢一笑泯恩仇",因为笑,而使仇敌化解仇恨变成挚友的事例屡见不鲜,这些事例中,如果一见面便二话不说,拔刀相向,仇恨只会越结越深。看来,外在的笑容,不仅能影响自身的情绪,还能对周围的人产生一定的感染力。所以,我们在寻求健康快乐,寻求笑的时候,不仅要注意对内心愉悦情绪的培养和保持,有时候在逆境中"强颜欢笑"也是必要的。

(3) 怎样才能笑出来

"笑一笑,十年少;愁一愁,白了头"。真正的笑一定来源于性格的乐观和内心的喜悦,心里高兴了,脸上自然而然就会带出笑容,所以笑出来的方法之一就是要培养乐观的性格,逐渐减少自己性格中多愁的一面,才能在生活中找到笑、发出笑,最后用自己的乐观感染别人,成为人群中笑的源泉。当然,要想改变性格,需要一个长期的过程,"万事开头难",开始的时候不可能我们马上就能乐观起来,这时候要谨记一个事实:外在的笑容也能引动内心喜悦的感觉。因此,当我们遇到不快的时候,如果我们乐观不起来,又无法自我安慰,那么可以"强颜欢笑"一会儿,用笑容改变自己的心情。下面我们给大家介绍一些能让人笑出来的方法,供大家选择使用。

学会幽默 幽默是个外来词,辞海中对它的解释是"通过影射,讽喻,双关等修辞手法,在善意的微笑中,揭露生活中的讹谬和不通情理之处",也就是指有趣、可笑但意味深长的言行表现,与滑稽、讽刺和纯粹的搞笑是不同的，幽默有一定的深度。幽默往往与乐观伴随，一个具有幽默感的人，能在不顺心的环境中，发现幽默因素，从而能调节自己的心理，使之达到平衡。

学会幽默，能给一个人的人格魅力增色不少，对人的生理、心理健康及交际能力都有提高。国外研究者曾进行过幽默与健康的研究。他们让受试者欣赏几出幽默剧，并检测观赏前后受试者的体内抗体，也就是机体抵抗力变化情况，从而发现，幽默感较强的受试者，机体抵抗力明显提高；幽默感较弱的受试者，抵抗力提高较少，可见，幽默对健康水平有提高作用。于是有人将其用于实

图 16　学会寻找幽默

践，创办了一些"幽默医院"。"医院"中的医疗处方是看喜剧影视，听幽默故事和阅读幽默图书等，对象主要是神经症患者，也帮助一些晚期肿瘤病人，据说效果很好。幽默是对生活居高临下的轻松审视，它对人心理的调节作用很强。一个喜欢幽默的人，必定是一个乐天派，愁眉苦脸的人是不会有幽默感的。幽默还能调节人际关系，使不利的对方摆脱困境或者能温和地讥讽对方攻击自己的话语。例如，幽默大师萧伯纳一次在街上被一个骑自行车的人撞倒了，对方急忙道歉，神态惶恐，萧伯纳却说："先生，你比我更加不幸，要是你再加点劲，那就可作为撞死萧伯纳的好汉而永垂史册了。"这样一来，用诙谐的方式给对方一个台阶，同时使对方放松下来，有助于事情的解决。

那么如何在生活中学会幽默呢？首先要学会寻找希望。遇到困难时，一定要寻找到困难背后隐藏的希望之光，试着用积极的态度和方式去处理，用幽默激励自己。其次，可以把美好的时光记录下来。用纸笔、图像、声音等手段把人生美好的时刻记录下来，遇到不高兴的时候就去翻阅，这样心情就会快乐起来。第三，要在生活中学会放松。这一条对现代人尤为重要，换句话说，就是要时常给自己"减压"。在生活压力大或工作劳累之时，要抽一点时间出来放松一下，时间可长可短，视情况而定，长则出外游玩半天或几天，短则听听音乐、下下棋、做做体操、喝杯香茶，甚至闭目养神一会儿都是有效的放松方式。第四，学会寻找事物有趣的一面。在一些难堪的场面中，不要忙着自责、害羞，在紧张的情绪中很难找到解决问题的方法，这时要学会看到事情有趣的一面，就能使自己轻松起来。以上四点，需要我们在生活中不断练习、体会，先刻意而为，比如跟熟悉的人多讲讲笑话、开开玩笑，久而久之形成习惯，你就会自然而然地变成一个幽默的人。

保持心理平衡　人的心理，像春天的原野，应当是阳光明媚，然而现实

生活中,却常有些人内心笼罩着沉重的阴影,或抑郁孤独,或嫉妒猜疑,或喜怒无常,或无端恐惧,或顾虑重重,人们将这种状况称为心理阴影,或叫心理失衡,它对人们的生活是有害的。

造成人们心理失衡有许多原因,社会变迁过快、生活方式日益更新、生活观念的更新、家庭观念淡薄等,都会使人们走进失落的世界。现代人的心理失衡是一种不健康状态,已经成为一种严重的社会问题。因此,我们必须设法摆脱心理失衡,使思维正常运作,走出心灵的误区。加强修养,遇事泰然处之。人的生命由旺盛走向衰老直至消亡,是人类不能抗拒的自然规律。应当养成乐观、豁达的个性,平静地接受生理上出现的种种变化,并随之调整自己的生活和工作节奏,主动地避免因生理变化而对心理造成的冲击。合理安排生活,培养多种兴趣。适度紧张有序的工作可以避免心理滋生失落感,令生活更加充实,从而改善人的情绪和抑郁心理,同时还要培养多种兴趣。爱好广泛者总觉得时间不够用,生活丰富多彩就能驱散不健康情绪,并可增强生命的活力,令人生更有意义。

那么,应该如何去调节心理平衡呢?

① 要有正确的自我评价。情绪是伴随着人的自我评价与需求满足状态而变化的。所以人要学会随时正确评价自己。当某些期望不能得到满足时,要善于劝慰和说服自己。不要害怕,没有遗憾的生活是平淡而缺少活力的生活。遗憾是生活中的"添加剂",它为生活增添了改变与追求的动力,使人不安于现状,永远有进步的余地。处处有遗憾,然而处处又有希望,希望安慰着遗憾,而遗憾又充实了希望。正如法国作家大仲马所说:"人生是一串由无数小烦恼组成的念珠,达观的人是笑着数完这串念珠的。"为了能有自知之明,常常需要正确地对待他人的评价。因此,经常与别人交流思想,依靠友人的帮助,是求得心理补偿的有效手段。

② 要有一门爱好,无论唱歌弹琴、写作绘画,集邮藏币,都会使你进入一种新的境界,因此要努力在你的爱好之中寻找乐趣。

③ 保持心情宁静。面对大量的信息,保持心情宁静,学会吸收现代科学信息,提高应变能力,将众多信息予以分类归纳、综合判断、分析研究,使其条理化,这样就可避免信息饱胀和互相干扰。适当变换环境,人在一个过于安逸的环境里反而容易诱发心理失衡。而新的环境,接受挑战性的工作、生活,可以激发人的潜能与活力,亦可变换环境进而变换心境,使自己始终保持健康向上的心理,避免心理失衡。正确认识自身与社会的关系,要根据社会的要求,随时调整自己的意识和行为,使之更符合社会规范。要摆正个人与集体、个人与社会的关系,正确对待得与失,这样可减少心理失衡。

④ 在挫折面前要适当用点"精神胜利法",即所谓"阿 Q 精神",这有助

附篇

于逆境中进行心理补偿。例如,实验失败了,要想到失败乃是成功之母;被人误解或诽谤,要想到"在骂声中成长"的道理。但是,自我宽慰不等于放任自流和为错误辩解。一个真正的达观者,往往是对自己的缺点和错误最无情的批判者,是最严格要求自己的进取者,是乐于向自我挑战的人。

记住雨果的话吧:"笑就是阳光,它能驱逐人们脸上的冬日。"

试试笑功 《中国气功》杂志曾刊载了张祖仁同志的"笑功"一文,其中有不少笑功锻炼方法,不妨一试。

鼓腮欢笑:不断用气把腮部鼓起,面带微笑,用气和声波的能量让自己高兴,同时通过内脏器官组织的轻微共振,达到按摩内脏的作用。

哈哈大笑:张开嘴巴,哈哈大笑,尽量放开声音,音量逐渐加大,振动心肺,促进血流速度。

面带微笑:呼吸自然,面部表情微微发笑,不张口、不出声,注意身体内部的呼吸配合。

捧腹大笑:两手按腹部,调动丹田气息使自己大笑,可以疏通经络,延缓衰老。

似笑非笑:意守丹田,脸部表情自然,尽量不让自己发笑。微闭双眼,使自己似醉非醉,身体放松,精神放松。

张口大笑:以言助气,呼气时,发出鼻音,然后微微吐气。

冥想发笑:静心宁神,两眼微闭,心中浮想自己或他人的美好面容身影,并渐渐将其与自己合为一体,冥想自己红颜常驻,青春焕发。

观想欢笑:心平气和,思想集中,两手合掌于胸前,凝神观想自己在发笑,要注意想象自己脸、眼、口、胸、腹都在配合发笑。

吐言微笑:想象自己的病随着自己发出的声音吐掉,发音要配合一呼一吸的节奏,吐"金木水火土"五行之音,以长久为佳,如"土"字音和"金"字音。

叩齿、咽津、面带微笑:舌头在口中上下左右搅动,待唾液满口后分多次缓缓咽下,并牙齿上下相扣,面带微笑,同时全身慢慢放松。

收功:搓手,摩面,摩腹,轻轻叩打全身上下各部位,精神放松,目视远方,练功结束。

找点搞笑的东西 要想笑出来,乐观的性格是内在因素,当然,我们也可以通过前面的一些方法锤炼自己的性格,逐渐变成乐天派。但是,前面说过,外在的笑容也会影响人的心情,使人的心情暂时好起来,久而久之,也可以影响人的性格。

那么,哪些外在的东西能让人产生笑容呢? 其实有很多,笑话、喜剧、相声、小品,都可以引人发笑,可以选择自己喜欢的形式运用。下面我们给大家选择了一些有代表性的作品和人物,供大家欣赏,生活中大家也不妨多在报纸、杂志、书籍、影视、网络中留意,相关内容很多。

笑的趣闻

烽火戏诸侯 这大概是笑的故事中最为人所熟知的一个了。公元前781年周宣王去世,他儿子即位,就是周幽王。周幽王昏庸无道,不理朝政,只喜欢到处寻找美女。在得到美女褒姒后,喜欢得不得了。褒姒美则美矣,却老皱着眉头,周幽王想尽办法引她发笑,她却怎么也笑不出来。于是有人建议点烽火台来取悦褒姒。烽火一点起来,邻近的诸侯赶紧带着兵马跑到京城,结果一个敌人也没看见,也不像打仗的样子,只听见

图17 找点搞笑的东西

奏乐和唱歌的声音。褒姒瞧见这么多兵马忙来忙去,还真的笑了。隔了没多久,西戎真的打到了京城。周幽王赶紧把烽火点了起来。这些诸侯只当是又在开玩笑,全都不理他。终于京城被攻破,周幽王被西戎所杀,褒姒被掳走。因一人的笑而失信于诸侯,最终身亡国破,这个周幽王也真昏庸透顶了。

以笑为谏 《晏子春秋》里面讲了一个故事:一次,齐景公去牛山游览,登临齐国的都城时,突然泣道:"人生怎么就像这奔腾咆哮的流水,要离开这美好的山河而死去呢?"艾孔、梁丘据听了,也哭泣起来。晏子却在一边发笑。齐景公生气地问为什么,晏子回答:"如果使贤能的国君长久地据守齐国,那么,太公、桓公将长久地占有齐国了;如果让勇猛的国君长久地占有齐国,那么庄公、灵公将要长时间地享有齐国了!那么,您怎么能得到国君的宝座而立身于世呢?而您偏偏因为这事而流泪伤情,这是不符合仁义道德的。不仁道的国君我看到一个,谄谀的近臣我看见两个,这就是我发笑的原因啊!"有这样的大臣在旁时时进谏,齐景公的许多错误都得到了及时的制止和纠正,在位58年,也算是中国历史上在位时间比较长的一位国君了。

幽默笑话五则

及第 一举子往京赴考,仆人挑行李随后。走到旷野,忽然狂风大作,将举子的头巾吹下。仆人大叫:"落地了!"举子心中不悦,叮嘱说:"今后莫言落地,只说及第。"仆人点头,将头巾拴好,说:"如今凭你走上天去,再也不会及第了。"

葡萄架倒了 有个怕老婆的官员,常常被老婆打骂。一次,他的脸被老

婆抓破了。第二天到衙门，这副狼狈模样被他的顶头上司州官看见了。州官便问："你的脸怎么破了？"他只好谎称："晚上乘凉时，葡萄架倒了，被葡萄藤划的！"州官不信，说："一定是你老婆抓破的，天底下就数这样的女人可恶，派人去给我抓来！"此时，州官老婆恰好在后堂偷听，一闻州官此言，立刻火冒三丈，满脸怒气地冲上堂来。州官见势不妙，连忙对那个官员说："你暂且退下，我后衙的葡萄架也要倒了！"

苏格拉底的幽默 古希腊著名哲学家苏格拉底有一次给学生上课，他的妻子跑到教室门口破口大骂，之后，又去端来一盆冷水泼到苏格拉底身上。苏格拉底的头发、衣服湿漉漉的，十分尴尬。面对学生疑惑不解的目光，苏格拉底平静地微笑说："电闪雷鸣之后，必定是倾盆大雨"。一句自我解嘲的话，引得学生一阵笑声。

有一天，苏格拉底正和他的老朋友沙梯亚在雅典城里散步，忽然一个青年偷偷地在背后用棍子打了他一下，然后撒腿就跑。沙梯亚看见了，立刻要找那个无赖算账，但是苏格拉底一把拉住了他，像什么事情都没发生似的从容地走了。沙梯亚觉得有点儿奇怪，就问苏格拉底："别人打你你不出声，为什么也不让我帮你出气？"苏格拉底微笑着反问沙梯亚："难道一匹驴踢了你一脚，你也要踢驴一脚吗？"

米胡点名 从前有一个学馆，每天早晨，先生都让他的高徒米胡点名。这天学馆来了 3 名新生，一个叫郁超立，一个叫向家缶，一个叫宇釜。米胡照例开始点名了。当他点到 3 名新生时，先是喊："都起立"，学生们一下子都站了起来。接着又喊："回家去"，学生们便争先恐后地向教室外跑。先生一看莫名其妙，忙喊道："回来，回来，谁让你们走的！"这时米胡知道念错了，不敢再念。于是便拿着名单问先生："你看最后一个怎么念？"先生看了好半天，道："这是宇釜呀！"米胡一听，吐了一下舌头，说："哎呀，幸亏我没念，要不差点叫他干爹了！"

乱点鸳鸯 甲乙两位研究生到某单位求职。人事主管问甲："你是研究什么的？"甲回答："研究《老子》的。""那你到退休职工管理处吧，那里的老头子特别多，可以发挥你的专业特长。"乙听了，转身就走。主管叫住他问："你还没谈，怎么就走了？"乙说："我是研究《孙子》的，怕你分配我到幼儿园。"

笑的格言

常向众人开口笑，自然百事放心宽。

笑口常开，青春常在。

一个丑角进城，胜过一打医生。

不是快乐太少，而是我们还没有发现。

药物中最好的就是愉快和欢笑。

一种美好的心情,比十服良药更能解除生理上的疲惫和痛楚。

美＝秀丽的容貌＋精致的化妆＋节制的欲望＋乐观的心态＋稳定的情绪＋持久的毅力＋无私的奉献

男人永远喜欢一个脸上带着笑容的女人。

笑声是世界上最好的维生素。

生气是拿别人做错的事来惩罚自己。

你可以用爱得到全世界,你也可以用恨失去全世界。

每天告诉自己一次,"我真的很不错"。

生活中若没有朋友,就像生活中没有阳光一样。

每一件事都要用多方面的角度来看它。

当你能飞的时候就不要放弃飞;当你能梦的时候就不要放弃梦;当你能爱的时候就不要放弃爱。

美好的生命应该充满期待、惊喜和感激。

快乐要懂得分享,才能加倍的快乐。

要铭记在心:每天都是一年中最美好的日子。

快乐不是因为拥有的多而是计较的少。

乐观者在灾祸中看到机会;悲观者在机会中看到灾祸。

把你的脸迎向阳光,那就不会有阴影。

不如意的时候不要尽往悲伤里钻,想想有笑声的日子吧。

你不能左右天气,但你能转变自己的心情。

面对落日开怀大笑的人,永远不会对前途悲观失望,对生活丧失信心。

生活就像一面镜子,你朝它皱眉,它也朝你皱眉;你朝它微笑,它也朝你微笑。

腾不出时间娱乐的人,早晚会被迫腾出时间看病。

真正的快乐,是对生活乐观,对工作愉快,对事业兴奋。

愉快的笑声,是精神健康的可靠标志。

敞开心扉,才能清除孤独;容纳别人,才能找到欢乐。

疾病不仅在于身体的故障,往往在于心理的故障。

(4) 笑的不宜

笑尽管能给生活带来愉快,但是笑的时候也有一些需要注意的地方,让我们共同来学习一下。

不宜大笑的人　笑,尤其是大笑的时候,会使膈肌上抬,腹腔压力增高,全身血管收缩,因此有以下情况的人不宜大笑:

① 饱食后不宜大笑,以免因大笑腹腔压力的剧烈改变影响胃肠的蠕动规律,诱发阑尾炎、胃扩张及肠扭转。

② 高血压和动脉硬化者不宜大笑。大笑时,交感神经高度兴奋,肾上腺素分泌增多,引起全身血管收缩,血压升高,心跳加快,对于有高血压或动脉硬化的人,易诱发脑出血或心肌梗死。同样,脑血栓、脑出血症及蛛网膜下腔出血的病人,不可大笑。

③ 患早期疝气的人,大笑会导致疝气加重。

④ 怀孕期间的妇女不宜大笑,大笑时腹部猛烈收缩,腹腔和子宫压力增高,容易引起早产或流产。

不宜狂笑的人　狂笑时,人处于高度兴奋状态,同时心率加快,血压上升,呼吸急促,甚至体温紊乱。然而,对于心脑血管来说,狂笑时的刺激是非常剧烈的,甚至会引起猝死。历史上因为过度兴奋而笑疯、笑狂的不乏其人,而岳飞手下大将牛皋在活捉金兀术后狂笑而死,更是前车之鉴,值得我们警惕。

狂笑时过度兴奋造成的猝死,往往发生在中老年人中。人过中年,全身的动脉血管均会发生程度不同的硬化,营养心肌的冠状动脉也不例外。这种硬化在一般情况下,对人影响不大,但在因狂笑而心脏剧烈跳动,耗能增加时,硬化的血管壁收缩无力,心肌供血出现不足,心肌活动的代谢废物不能及时清理运输而堆积起来,刺激心肌感觉神经,会发生心律失常、心绞痛,甚至心肌梗死,心跳骤停。对于高血压病人来说,脑血管是其脆弱部位,狂笑时血管收缩,血压骤然升高,病人会出现"高血压危象",表现为头晕目眩、恶心呕吐、视力模糊、烦躁不安,甚至会引起脑血管破裂,发生猝死。

吃饭时不要大笑　我们知道,人的消化道和呼吸道是完全分开的,但是,在口到咽这一段,食物和气体是共享一个通道的,然后在咽部分开,食物进胃、气体进肺。但是,咽部没有自动分拣功能,不可能自动把气体和食物分开,然后准确投送到相对应的管道中。这样,同一时刻,只能通过一种东西,要不然食物进胃,要不然气体进肺,这个开关相应通道的功能由神经反射指挥会厌软骨实现,这个过程速度非常快,所以正常状况下不会出现失误。但是,我们在吞咽食物时,如果大笑、说话,就会使咽部的反射发生紊乱,食物到了门口,必须马上进食道,可是人一直在笑,神经反射又要求不能关闭气道,于是有可能会有食物误入气管。异物进入气管后,会引起反射性剧烈的呛咳,但是除了一些极微小的颗粒外,自然咳出的机会甚少。如果吸入的异物体积较大,大部分或完全堵塞了气管,又得不到及时、正确的抢救,数分钟内人就会窒息死亡。我们的气管分支极多,支气管的末端比人头发丝都要细无数倍，所以即使小的异物，也终究会堵塞支气管，还会引起肺炎、部分肺不张及肺脓肿等严重并发症。这种气管异物多发生在5岁以下的儿童，因此，学校、幼儿园、托儿所及家长，必须经常提醒小孩儿注意正确的饮食习惯。同时，大人也要注意自己的进食习惯，不要在吃饭时大笑。

2. 乐 而 康 寿

凡乐观者,大多数能健康长寿,而乐观的直接表现就是笑。孔夫子寿72岁,在现代看来也许不算高寿,但是综合考虑当时的社会发展水平及孔子自身所处的情况来看,72岁,是绝对的高寿了。孔子之所以高寿,就是因为他豁达大度,"君子坦荡荡,小人长戚戚","饭疏食饮水,曲肱而枕之,乐亦在其中矣","发愤忘食,乐以忘忧,不知老之将至",这些都是他性格的生动写照,也是长寿的保证。

古往今来的长寿老人,有一个共同的特点就是乐观豁达,消极悲观、不爱笑的人,很少能有高寿。下面介绍其中几个特别具有代表性的例子,与大家剖析、分享其中蕴含的长寿经验。

(1) 白乐天豁达逾古稀,李长吉忧闷未而立

在这个例子中,主人公是生活在同一时代的两个人。这两个人正是因为性格的不同,导致最终寿命的长短差距很大,非常具有代表性。白乐天,即白居易,乐天是他的字;李长吉,即李贺,字长吉。白居易享年74岁,留诗3000余首,在"人生七十古来稀"的当时,可说是诗多寿高;李贺寿未过而立,26岁就夭亡了,让人触目惊心。两人寿命之所以有这么大的差距,根源于两人的性格差异。

其实,早年的白居易身体并不好,自幼多病,中年时亲人零落,自己也早早出现头发变白、眼花、牙齿摇动的衰老迹象。所以在40岁时,他有这样一首诗(《首夏病间》)描述自己:"我生来几时,万有四千日。自省于其间,非忧即有疾。"但他并没有因为半生的坎坷、病魔的缠身而悲观,病稍好转,便非常欣喜,甚至在人生之路上还有所得,所以诗中接下来就说道:"老去虑渐息,年来病初愈。忽喜身与心,泰然两无苦。……内无忧患迫,外无职役羁。

此日不自适,何时是适时。"从这首诗中可以明显看出白居易的乐观性格,他给自己起了雅号"乐天",其后更是努力锻炼身心,达到了"性海澄渟平少浪,心田洒扫净无尘"的养生境界。不仅对于身体,白居易对于人生的看法也是十分豁达的。他一生多次遭贬,但从不计较官位的高低和薪俸的多少,只把官位看成过眼云烟,尤其是其后加强了躯体锻炼,悟出健身才能长寿的养生道理,因此经常徒步游览名山大川,在呼吸新鲜空气,健身之余,欣赏大自然美丽的景色,忘却愁忧。白居易还有一个养生的成功经验在于,他的交友十分广泛,从朝廷官员到民间歌女,他都能与之交往。长诗《琵琶行》中的女主角就曾是一名青楼女子,白居易听到她弹奏的琵琶声而有所感触,便以诗相赠,可见其为人的亲近。从以上可以看出,白居易的养生经验中,"乐天"是基础与核心,豁达乐观的性格是他长寿的秘诀。

李贺,字长吉,世称鬼才、诗鬼,一生留诗241首。他26岁便夭亡,却留下成百篇诗歌,可称奇才。可是,由于他人生目标过高,却有才不得施展,在仕途坎坷中逐渐形成了悲观消沉的性格。李贺为唐时郑王李亮后裔,但家道没落。李贺自己十分争气,志向远大,勤奋刻苦,博览群书,很早就取得了"乡贡进士"。但是由于嫉妒他才学人的讥谤和封建礼教的制约,才子李贺没有得到重用。李贺满腔的希望和志向,一下成为梦幻泡影,因此十分恼火,整日闷闷不乐,到死一直郁郁寡欢,这从他的诗句"长安有男儿,二十心已朽"就能看出。在这种外受打击,自己又不能把事情看开,不能泰然处之的情境中,李贺消沉了,甚至看什么都觉得哀伤,"黑云压城城欲摧"、"花城柳暗愁杀人",他的这些诗中的哀愁不要说对李贺本人,就是对我们读者,都有一种沉重的压力。内外交困中,李贺的身体健康也每况愈下,虽然他知道自己应该"复心健体",可是始终放不下求取功名的思想包袱,经常闭门苦读或吟诗作赋,以求有朝一日自己能通过作品而被人赏识,身体静多动少,气血不能流通,这种顾名不顾命的做法,加速了他体质的下降。在交友方面,因为李贺性格孤芳自赏,经常闭门不出,故交际面很窄,朋友很少,一腔悲愤尽倾纸上。可惜,纸张毕竟是死物,作者能对着它用笔倾诉,它却不会像朋友一样给予语言或行动的安慰,到头来,这种忧愁还是自己一个人来承受,尤其对于李贺这样心胸狭隘的人来说,恐怕多看一次就会多难受一分,还不如不写。看到这里,李贺26岁就夭折的原因不需要再有过多的解释了。

从白居易和李贺两个人的对比中,我们可以清晰地看出,一个乐观豁达的性格,对养生是多么重要啊!

附篇

115

（2）诗人陆游的长寿经

陆游，南宋爱国诗人，一生仕途坎坷，几度沉浮。他性情旷达，对官位的升降泰然处之，不受名利牵累，寿至85岁。

陆游不论遇到什么逆境，都当作"无事"。"拜赐头衔号放翁，家传不坠散人风。问年已过从心后，遇境但行无事中"。这是他的诗《七律·放翁》中的语句，作于70岁时，可以看出陆游老年心境的超然。而他在56岁遭罢官后，仍能调节好自己，保持知足常乐，心安理得的心态，甚至能保持童心不泯，活泼乐观。诗作《游山》中的"九十衰翁心尚孩，幅巾随处一悠哉"，清楚地反映出了这一特点。

陆游不但常在山水间盘桓，更喜欢和老农交往，"不来东舍即西家，野老逢迎一笑哗。试说暮年如意事，细倾村酿听私蛙"（《村饮》）。他自种草药，还懂一些医学知识，常有农民登门求药。他也常到邻村去，随身带着药筐和酒葫芦，遇到有患者就主动给予医治。遇到老农谈起话来没完没了，有时还要喝上两盅。他在《吾年过八十》这首诗中写道："八十又过二，自言名放翁。斧丘遗寿栎，云海寄冥鸿，酒挂驴鞍侧，诗投药笈中。灞城逢蓟叟，共语莫匆匆。"这样的晚年生活闲逸、有趣，心思寄于山水之间，完全不受名利的干扰，怎会不高寿呢？

（3）笑对人生的苏轼

苏轼（1037年1月8日～1101年8月24日），字子瞻，又字和仲，号"东坡居士"，世人称其为"苏东坡"，眉州人，也就是今天的四川眉山人。北宋著名文学家、书画家、词人、诗人，美食家，唐宋八大家之一，豪放派词人代表。

从苏东坡的生卒来看，享寿只有64岁，似乎与我们长寿的主题不一致。然而，分析一个人的寿命，还需要与这个人的一生经历相结合。苏轼一生，三遭贬谪，甚至62岁时还被贬为"琼州别驾，昌化军安置"，也就是被贬到今天的海南儋州（古名昌化）任职。有这样动荡颠沛的人生经历，能寿至64岁，已经相当不容易了。本书选择介绍苏轼，主要是因为苏轼是一个非常乐天的人，极为符合本书的主题"乐"，借用林语堂先生在《苏东坡传》中对苏轼的评价可以很好总结："他的一生载歌载舞，深得其乐，忧患来临，一笑置之。"可以看出，笑对人生就是苏轼一生的特点。

康群同志发表在《老人世界》杂志上的一篇文章，很有养生意义，现摘录并稍作修改，以飨读者朋友。

苏轼出入仕途,就用积极的态度对待人生。"人生到处知何似?应似飞鸿踏雪泥。泥上偶然留指爪,鸿飞哪复计东西",形象生动,展示了豁达的心境。在密州(今山东诸城)任职时,他写下了《超然台记》,文中说:"哺糟啜醨皆可以醉;果蔬草木皆可以饱。推此类也,吾安往而不乐。"这些都是他后来处于颠沛之中仍能保持乐观精神的底蕴。

元丰三年七月(公元1080年),苏轼被诬陷写诗谤议皇帝,有名的冤案"乌台诗案"发生了。苏轼被关押在监狱中130天,严刑逼供,他绝不告饶祈求活命。还从狱中寄诗向弟弟苏辙表示:"是处青山可埋骨",遇难不惊,泰然自若。经过亲友营救,年底结案出狱,但被贬为黄州团练副使,实际是被看管起来。苏轼不敢在京城逗留,正月初一,就奔赴贬所。家人啼哭送别。他有诗说:"此灾何必深追究";"塞上纵归他日马,城东不斗少年鸡",他对被诬坐牢,并不耿耿于怀。他认为自己入狱和被贬,好比"塞翁失马,焉知非福",不管遭遇多么坎坷,也绝对不学斗鸡少年贾昌那样趋炎附势。

苏轼到黄州以后,住在和尚高庙定慧寺里。儿子苏过和他在一起,生活窘迫。有个好心人王参军借给他半亩地,他和儿子"终年饱菜"。有《撷菜》诗说:"秋来霜露满东园,芦菔生儿芥有孙。我与何曾同一饱,不知何苦食鸡豚?"他吃青菜,很有滋味,风趣地发问:"西晋何曾为什么总要吃肉呢?"对这个"日食万钱"、"无下箸处"的大人物加以揶揄与批判。他生活极度困难,却很乐观,注意保健,"故教穷到骨,要使寿无涯"(《和王巩六首并次韵》)。

苏轼的家属本来有弟弟苏辙照顾,后来苏辙也被贬,不得不把嫂子全家送到黄州。由于家庭人口多,苏轼生活更加困苦。他在朋友的帮助下申请了一片荒芜的旧坟地,于是和家中人除草开荒,还盖了草房,住在这里,自号东坡居士。他写了《东坡羹赋》,称赞"所煮菜羹,不用鱼肉五味,有自然之甘"。还写了《豆腐颂》,数说吃杂粮的好处。但他不是苦行僧,经济条件允许时也吃肉解馋,红焖"东坡肉"的做法,就是他留下的。苏轼是豪放词派的开山鼻祖,其代表作《念奴娇·赤壁怀古》就写在黄州贬所。前后《赤壁赋》更是洋溢着乐观主义精神的千古名篇。

绍圣元年(1094年),苏轼被当成旧党要员,一贬再贬。他以60多岁的衰迈之年,流放到当时的瘴疠之地,十月到达惠州。朴实厚道的人民使他感到温暖,"吏民惊问坐何事,父老相携迎此翁"。他看到岭南山青水秀,果树成荫,很高兴说:"灌园以糊口,身自杂苍头","日啖荔枝三百颗,不辞长作岭南人"。

当权者对苏轼的迫害到此还不解恨,绍圣四年,再贬苏轼到琼州(今海南)昌化军安置。苏轼全家刚刚安顿下来,祸又从天降。他只得把家属留在惠州，自己携带儿子苏过动身过海，行前交代了后事，全家人送到江边痛哭诀别。经过海上颠簸，七月到达贬地儋州（今海南儋县）。这里非常荒僻，居民主要是黎族，"此间食无肉，病无药，居无室，出无友，冬无炭，夏无寒泉。"苏轼住的官房房顶漏雨，下雨时一夜三迁。当地官吏张中派人稍加修葺，当局得知，竟把苏轼赶出官房，还处分了张中。幸亏黎族人热心帮助，"畚土运甓"，搭成几间茅屋，他才免于露宿。在这样难以想象的逆境中，他乐天知命，坦然自处，"食芋饮水，著书以为乐"。朋友参寥和尚来信慰问，他回信说："雹糙米饭吃，便过一生也得。……参寥闻此一笑，当不复忧我也。"这是多么豁达，多么超脱！3 年以后，苏轼被赦，返回大陆，有诗说："九死南荒吾不恨，兹游奇绝冠平生"，他把九死一生的贬谪当成旅游，胸怀是何等宽阔！

苏轼被贬居黄州、惠州、儋州，反而是他文学创作的丰收期。困难压不倒他，是由于他乐观自信。在苏轼的诗文中几乎找不到"愁"字。他认为"世事万端皆不足介意"；"超然游于物外"，就可以"无往而不乐"。这种生活态度，概括而言就是"笑对人生"。

(4) 乐观超然的庄子

庄子，名周，字子休（一说子沐），战国时期宋国蒙（今安徽蒙城县）人，约生于公元前 369 年，卒于公元前 286 年，寿至 83 岁。他是我国先秦时期伟大的思想家、哲学家和文学家，是道家学说的主要创始人，与道家始祖老子并称为"老庄"，他们的哲学思想体系，被思想学术界尊为"老庄哲学"。他的代表作《庄子》，被唐明皇封为《南华经》，不仅创新和发展了道家的理论体系，而且在养生学方面亦有很高的造诣，对《内经》及其后世养生学的逐步成熟具有重要的指导作用。

他以古人"不知悦生，不知恶死"的生死观为训，以豁达的态度超然面对生死，从不因为"老之将至"而畏惧死亡。他的养生之术主要有四，少私、寡欲、清静、乐观豁达。

一是少私。他认为"私"是万恶之源，百病之根。只有驱除求名贪财的心，使精神宽慰，才"可以保身，可以全生，可以养亲，可以尽年"。心底无私的人，才能胸怀博大浩远，不计较功名利禄，生活物质"取之有道"，才能够知足常乐，心地坦荡，享有高寿。"少私多寿"，是庄子总结的养生规律。

二是寡欲。"欲不可绝，亦不可纵"。纵欲必招祸染病。一个人如果抑情欲，就不会欺男霸女，损肾伤尊；节食欲，就不会谋财害命，贪吃伤身；寡权欲，就不会投机钻营，逢迎伤神。

三是清静。如果一个人终日躁动不安，思想不能逸息，定会心力交瘁，百病丛生。庄子提倡，凡有志于养生者，都应当磨炼自我控制的能力，要善于在纷乱的环境中保持自我放松，自我安定，做到轻松自如。

四是乐观豁达。庄子认为"安时而处顺，哀乐不能入"，主张处世要乐观。他曾形象地比喻说，水泽里的野鹤，十步一啄，百步一饮，逍遥自得，悠闲自如，因而得以保生甚至长寿；而笼中之鸟虽然饮食充足，但有翅难飞，蹦跳不能，成天低头不鸣，无精打采，因而生命难以长久。一个人长期禁锢于自己设置的精神枷锁之中，必然会忧愁苦恼，"病由心起"。"豁达多寿"，是庄子养生和处世的切身经验。

对于庄子的豁达超然，还是用一个大家耳熟能详的故事来体会一下吧。

庄子夫人过世了，好朋友惠施得知后前来吊唁，见庄子正盘腿坐地，鼓盆而歌。惠施上前责问："人家与你夫妻一场，为你生子、养老、持家。如今去世了，你不哭也就罢了，还敲盆歌唱，岂不太过分、太不近人情了吗？"庄子说："不是这意思。她刚死时，我怎会不感悲伤呢？思前想后，我才发现自己仍是凡夫俗子，不明生死之理，不通天地之道。如此想来，也就不感悲伤了。"

惠施仍愤愤不平，质问道："生死之理又如何？"庄子说道："生命产生于天地间无形之物的聚集、演变，最终还将死亡而归于无形。这就像春夏秋冬的变化一样，是固定规律，不可更改。她虽然死了，人仍安然睡在天地巨室之中，而我竟还悲哀地随而哭之，我觉得这是不懂得、不顺应天地运行规律，是不应该的，因此停止号哭，转而歌唱。"

惠施说："理虽如此，情何以堪？"庄子道："死和生，都是不可抗拒的自然规律。而且我们的身体、生命，不是靠我们自己的力量获得的，而是天地赐予我们的，最终还要还给自然。生和死，就像昼夜交替一样快速和正常，所以有生命不需要高兴，面对死亡也不需要恐惧、悲伤。大部分人不明白这个道理，所以会乐生而怕死。我既然明白这个道理，那还有什么不能忍受的呢？"在庄子看来，生老病死是自然的过程，就像四时交替一样不可抗拒。人因为留恋生命，因而畏惧死亡，于是就带来精神的痛苦和悲哀。庄子的夫人去世了，是离开了劳累贫困的痛苦，那就是一种解脱，能够为夫人的送行击盆而歌，却是庄子对妻子一片深情的最好表达了。

据调查，在人生能遭遇到的所有悲剧中，老来丧偶是对人打击最大的事件。可想而知，夫人的过世，对庄子打击也是很大的，所以从文中可以看出，最初庄子是在号哭的。可是，他最终想通了生命来去的自然之理，因而为妻子的解脱和回归自然而歌唱，这种歌唱中没有喜悦，有的只是对妻子浓浓的爱意、默默的守护和对生命豁达超然的态度。

附篇